LA VIEJA

Mar Escribano

En una residencia de Logroño (España) atiborrada de septuagenarios, octogenarios, nonagenarios, centenarios (y un sinfín de vejestorios), 60 de ellos han sido brutalmente eliminados y - *como quien no quiere la cosa* - el ilustre inspector de policía Palomo Soldado Medina se asoma por el perverso centro geriátrico para averiguar qué puñetas ha pasado. ¿Será capaz nuestro célebre lince español de componérselas para concluir entre el tinglado de estos fosiles humanos quién es el asesino, asesina o asesinos? *Hum*. Ya lo veremos.

LA VIEJA es del género policíaco y negro, pero se combina con el humor y tintes de crítica social. El argumento es delirante rozando el esperpento y la farsa burlesca.

BONACIA

Título: La Vieja

Cuarta edición: 2022

© Bonacia

© Mar Escribano.

Portada: Darius MG

ISBN-13: 978-1519649836

ISBN-10: 1519649835

Quedan prohibidos, dentro de los límites establecidos por la ley y bajo los apercibimientos legalmente previstos, la reproducción total o parcial de esta obra por cualquier medio o procedimiento, ya sea electrónico o mecánico, el tratamiento informático, el alquiler o cualquier otra forma de cesión de la obra sin la autorización previa y por escrito de los titulares del copyright.
Derechos de propiedad intelectual: LO- 020 - 2013

(Género negro, policíaco, humor)

Si quieres ponerte en contacto con nosotros puedes hacerlo mediante el siguiente email:

modirroustar@gmail.com

También puedes visitarnos en:
https://editorialanticuario.weebly.com
https://marescribano.weebly.com

Mar Escribano nació en España en 1968. En 1986 se trasladó al Reino Unido donde cursó la carrera de lingüística e idiomas modernos en la Universidad de Salford (Manchester) y más tarde ejerció como traductora e intérprete para la televisión en Londres. Se ha establecido definitivamente en esta ciudad donde se dedica en la actualidad a la escritura y a la investigación literaria a tiempo completo.

La Vieja pertenece a la serie "Logroño Criminal" Otras obras de la misma serie son:

- **A Ver Quién me Pilla**

- **Te lo Voy a Robar Todo**

- **Los Hombres y El Alcohol**

- **Mi Coleccionista Privado**

- **Palermo**

- **El Arbolista de Logroño**

La serie **Logroño Criminal** se caracteriza porque o está ambientada en la ciudad de Logroño o los protagonistas son logroñeses.

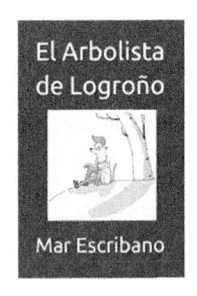

Comienza acto seguido y sin más dilación la historia de La Vieja.

Me llamo Fermín. Soy tan solo un ancianito a punto de 'estirar la pata', asimismo como la palman los pajaritos con esa rigidez característica de sus patitas estiradas hacia delante; o como se diría vulgarmente en mi tierra que estoy al borde de "colgar la polaina". Ya estoy rancio, estropeado y descosido –como un trapo viejo - pero deseo, antes de sucumbir al polvo, relatarles mi sibilina historia. Les prometo que no me estoy dejando llevar por la ira o el rencor; el impulso me viene motivado porque quiero avergonzar a España entera. Puede que les resulte un tanto exagerado, y por ende dramático, pero les juro que todo lo que les paso a continuación a narrar es tan cierto como que me llamo Fermín.

Yo me alejaré de este mundo como vine – SOLO - pero antes debo informar y sobre todo –como ya les revelé en el párrafo anterior- abochornar y reprender a mi patria por todo lo sucedido y por lo que sigue aconteciendo en algunas residencias de España (quizás todas). Minuto a minuto, segundo a segundo, se asoma el fracaso de estas resquebrajadizas instituciones y la inhumana terquedad de no aceptar este hecho y no hacer algo en este respecto.

He conocido a tanto viejo que ha ofrecido a la sociedad su vida; ha pagado sus impuestos y, en fin, todo lo que ha podido entregar en cuerpo y alma durante su corta y sudorosa existencia y, sin embargo, en sus últimos días sólo recibe ingratitud, hostilidad, falta de respeto y lo echan de este mundo a patadas y empujones; arrojándole tierra sobre su tumba aunque vivo.

Después de mucho cavilar, he tenido la brillante idea de compilar los acontecimientos de mi atormentada historia, (las aparentes patrañas de un hombre añejo) y ardua tarea ha sido la de escribir tan cargado en años, ¿saben? Cuando mi visión es tan escasa y me tiembla claramente el pulso. A ustedes les ruego que se metan en mi vetusta piel. La intención de mi escrito es que me comprendan aunque sea de vaga manera y que aparenten, por favor, un cierto entusiasmo.

Porque déjame decirte, amigo mío (y ahora ya te tuteo) que un día tú también llegarás a viejo, (si no sucumbes antes en el intento, ¡claro está) y entonces…

Entonces permíteme predecirte el futuro, tocayo mío. Disfrutarás de escasas opciones: o acabarás en tu propia casa placentera y apaciblemente hasta el final de tus días (¡afortunado tú y ojala!). O terminarás en una residencia de ancianos y ¡Dios quiera que no remates tus últimos alientos en Los Rosales! Porque si ése es tu desdichado final, (mi estimado desconocido), entonces perecerás en el mismo infierno, donde los doctores son ogros abominables y las enfermeras son brujas disfrazadas de ángeles.

Bienvenidos al centro geriátrico de Los Rosales.

Soy FERMÍN, tan solo un viejo. Recupero ahora el aliento para reflexionar sobre cómo demonios se ha podido ir mi vida a la mierda de esta manera y rematar con mis jodidas carnes podridas en este puto infierno. Déjenme explicarles.

1. Diez españolitos se fueron a cenar…

Esto que paso ahora a rememorar acaeció en una oscuridad cualquiera, en La Residencia Los Rosales; un vejete se deslizaba por los pasillos entre la negrura propia de la noche; (solo la luz tenue de los pilotos se colaba por las sombras) y el susodicho carcamal se escurría entre las tinieblas como alimaña olfateando a su presa, para hincarle los colmillos y succionarle la sangre.

¿Un vampiro, un monstruo, un zombie, un ser de otro planeta? No. Ya les dije que era solamente un viejo y este viejo desagradable, baboso y empalagoso consiguió al fin penetrar en la habitación de otra vieja con el pene grueso, alzado y rígido dispuesto a maniobrar su miembro para conmemorar los tiempos pasados, cuando de joven encallaba su instrumento en cualquier orificio prohibido. La gracia estaba en hacerlo sin el consentimiento de la otra, con pujanza, desgarrando sangrantes vaginas o anos con su profesional eficacia.

Disculpen por el realismo, pero en esencia, esto es lo que verdaderamente se terció y prosigo ahora con mi relato sin más tardanzas.

El viejo fluía, como un golpe de viento escarchado, habiéndose saltado todas las medidas de seguridad desde el bajo hasta el piso primero con su secuencia de códigos electrónicos y puertas metálicas. La Vieja respiraba hondo, boca arriba, petrificada como una estatua. Él sabía que no podía moverse –la pobrecita- pero sus huecos seguían vivos dispuestos a ser rellenados. Además La Vieja no hablaba –mejor todavía- podía taladrarla hasta la saciedad sin ser descubierto. Sólo con el pensamiento, ya babeaba de gusto: "Llenemos esos boquetes, a sacar agua del pozo y después a echar una buena cabezadita. ¡Qué gusto correrse una vez más en hoyos vedados!"

El viejo se aproximó a La Vieja yaciente, muda, paralítica y quizás sorda. Es cierto que a la pobre mujer le faltaba de todo. Colocó una de sus manos en sus pechos y con la otra mano le levantó el camisón.

¡Perfecta no era la palabra! La añeja no llevaba ni pañales, ni bragas. Ignoraba que la rancia se conservase tan bien. Se iba a *chingar* a casi una jovencita de vagina acuosa, jugosa y calentita. (Y estoy utilizando la palabra "*chingar*" porque me la enseñó una peluquera brasileña de nombre Lola porque si no, ¿de qué iba yo a conocer el uso de este vocablo?).

El caso es que volviendo a la historia que aquí nos atañe, ella (o sea la Vieja muda, paralítica y sorda, y no la peluquera) abrió los ojos como una muñeca de peso y centellearon en la oscuridad sus mimos como dos luceros verdes. ¡La condenada tenía además los ojos más bonitos del mundo entero!

A la mañana siguiente encontraron el cadáver agarrotado del vejete acostado a los pies de la cama de La Vieja. Ella dormía apaciblemente.

Aquel fue el triste final de César Villalba Villalba, alias "El Violador", inquilino del Bajo de La Residencia Los Rosales.

El cadáver fue hallado con cortes de un arma blanca (probablemente una navaja) en el pecho, además de… una costra ya seca en los orificios nasales…Sin olvidar…El labio superior partido, los pies hinchados y los regueros finos de sangre por todo su cuerpo que desembocaban en un gran charco final alrededor de sus…¡Le habían seccionado los cojones!

Les pido disculpas de nuevo por mi descripción tan cruda y descarnada, pero así fue como aconteció. Lo dejo aquí escrito para la posteridad y con esto he finiquito el primer capítulo de mi historia. ¡Que lo mío me ha costado!

2. Uno de los españolitos se sofocó

La Residencia Los Rosales (que es donde ustedes ahora ya están al tanto que sucedió la castración, desangramiento y posterior fallecimiento de César Villalba Villalba) se ubica en el epicentro de un solitario desierto.

Cuando yo vivía allí, eran habituales las tormentas de arena durante las cuales, se cerraban todas las ventanas del edificio para que los ancianos no se apocasen. Sobre la residencia, descendía un cielo clarísimo, sin apenas nubes. El aire caliente y pesado se desplomaba abatido produciendo espejismos. No había nada alrededor. ¡Nada! Aquella quemazón sofocante sólo era buena para una cosa: los viejos que sufrían de *artritis* o *artrosis* –*nunca he entendido la diferencia* - se quejaban menos; la combustión externa parecía mejorar su condición ósea.

A mí, personalmente, aquellos calores hundían mi cuerpo en el asiento y con los ojos cerrados, echaba la cabeza para atrás. Tenía que esforzarme hasta para sonreír.

Recuerdo un cartel ridículo y escandaloso que resplandecía en la entrada de aquel lugar desamparado – como en los dibujos animados del Coyote y el Correcaminos (que antes solía disfrutar con mis nietos) – no faltaban ni los cactus, ni la arena. *Bip-bip*.

Paso ipso-facto a describirles la bazofia del letrero.
RESIDENCIA LOS ROSALES – CENTRO GERIATRICO

Para las personas de la *Tercera Edad*. (*¿Tercera edad?* Y una mierda que les den.) ¿Qué coño quieren decir por 'tercera edad'?

Es una residencia especializada que proporciona alojamiento permanente o temporal y atención asistencial, integral y continuada a personas mayores que, por alguna circunstancia, no pueden permanecer en su hogar. (*Y otra mierda que se coman.*)

Características

- Ambiente y trato familiar. (Ja, ja, ja.)
- Atención digna. (Les mando un pedo.)
- Servicio médico diario. (Ejem, ejem.)
- Gimnasio. (¿Dóndeeeee?)
- Fisioterapeuta. (Para nada.)
- Auxiliar de enfermería y geriatría. (Tergiversación de vocablos: ogros y brujas.)
- Terapia ocupacional. (Un aburrimiento mortal)
- Asistencia a personas tanto válidas como asistidas. (Y una mierda pinchada en un palo.)
- Podología. (Ya.)
- Peluquería. (¿Están de cachondeo?)
- Salón de lectura. (¿Sí? la lectura de los cereales de Corn Flakes *cómo mucho*.)

¡Y una mierda que se coman! Ya se pueden todos ir a hacer puñetas. (Me lamenté un día aproximándome a La Vieja y procedí a prorrumpir en una cascada de juramentos, vituperios y blasfemias que no merecen aquí la pena ser mencionados pero espero, mi comprensivo lector, que pueda usted ponerse en mi situación y capte el cabreo que sufría cada vez que leía el tonto letrerito; y que continua produciendo en mí, incluso hoy en día, una profusión de ademanes variados, tales como un buen corte de mangas e improperios lingüísticos.)

¿Podólogo? Tengo los pies llenos de callosidades y durezas. *Pero ¡qué cara tienen!* Aquí de podólogo, nada. Lo único que *podan* y, bastante mal, son los setos.

¿Peluquería? Tengo ya pelambres y guedejas.

¿Salón de lectura? El único papel aquí es el higiénico

¿Gimnasio? Pero, qué embusteros y julandreros! (Murmuré entre mis dientes.)

¡Qué coño de cartel me colocan a mí anunciando que esto es el paraíso, cuando aquí estamos todos en una celda, y los ancianos buscamos desesperados que algún rayo de luz se escape a través de los hierros de nuestros ventanucos!

Ay existencia senil más propia de los muertos. ¿En qué lío de los cojones me había yo metido? ¿Qué puñetas hacía yo allí? ¿Cómo había acabado con mis huesos en aquel centro? ¿Me merecía aquel castigo?

La vieja parecía que me escuchaba, con los ojos clavados en mí y su rostro inexpresivo. Estaba quieta, tan quieta que además de La Vieja, la apodaban la efigie, la condesa o la loza. Nunca nadie la había visto moverse- sólo abría la boca para comer y los otros ancianos algunos curiosos, otros fisgones, se paraban ante ella para comprobar su continuado estacionamiento; parecía detenida en el tiempo, su inmovilización era tal que ni parpadeaba.

Yo (ya todo un veterano de la residencia de ancianos) me acomodaba junto a ella durante las comidas y le platicaba, pero ella nunca me respondía, ni parecía comprenderme. Aún con todo, yo seguía charlándole a diario con la esperanza de que algún día me dijese algo.

Yo la adoraba, me juntaba a ella cada vez que me era posible, con un gesto de saludo con mi sombrero, esbozando siempre la mejor de mis sonrisas y con los brazos abiertos: ay mi vieja, ay mi estatua de bronce, con quien la sangre me hervía; ese fluido vital me empalaba la vida solo con ella.

Y ahora por favor, permítanme esclarecerles cómo era yo por aquel entonces, para que se hagan una mejor idea de esta historia. Yo era un viejo amable, atento y siempre correcto. De aspecto bonachón, vestía trajes de sastre con sombrero y llevaba mis zapatos de cordones tan brillantes y pulidos que siendo tan caballeroso, bienhablado y galante no cuadraba en aquella residencia de anticuados estropeados.

Mi larga pero bien cuidada barba blanca me concedía un aspecto de patriarca intelectual y por detrás de mis gafas de rata de biblioteca, se asomaban mis brillantes ojos tan pícaros y vivarachos que más que un abuelo, tenía la pinta de un científico o de un investigador.

Tan ilustrado y cultivado debía de ser mi porte que me apodaron *el filósofo*. Y no olvidemos mi dicción perfectamente castellana, cuando abro esta boquita mía que atesoro, donde modulo cada consonante y vocal de manera castiza limpia y articulada, y con la cual, pronuncié las palabras que ahora paso a transcribirles literalmente:

- Ha tenido usted que ser una moza bien galana y lúcida. (Murmuré). No se lo tome a mal, se lo ruego. (Arqueé las cejas.) Sigue usted siendo muy primorosa, pero de joven, seguro que enloquecía a los mozalbetes. Apenas tiene usted arrugas, apenas canas y algunos aquí afirman que al menos es condesa, o sino ¿cómo puede permitirse el lujo de una habitación individual para usted sola? Por lo que me han informado las malas lenguas, tiene hasta tele y radio, y algún secreto admirador le envía un ramo de rosas rojas todas las semanas pero ¿por qué no me habla? Pobrecita, ¿me dirigirá usted la palabra algún día? Todavía conserva la boca abultada y carnosa más propia de la mocedad. ¿Qué edad tendrá? Además tiene dientes de marfil. De seguro que es la única sin dentadura postiza en este lugar de viejos. ¿Quién la hubiese conocido a usted de joven, resuelta y animosa? Pero, mujer ¡hábleme! ¿Es que es muda? Con usted lo de 'genio y finura hasta la sepultura' se cumple. ¿No recuerda usted su edad? ¿Sabe al menos su nombre? ¡Jodidas gelatinas! (Proferí y entonces creí ver la mueca de sonrisa en su cara) ¡Uy!, perdone usted por mis vocablos malsonantes pero uno acaba aquí hasta los cojones de que nos pongan todos los días gelatinas de postre. No ha comido usted nada. ¡Claro! No ha venido la enfermera para alimentarla. Espere que llame a Paquita. Ahora vengo. Paquitaaaaaaaaaa. Paquitaaaaaaaaaaaaaa. Paquita.

En suma, La Vieja tenía los ojos grandes y verdes como la jungla. Su cuerpo parecía el de una manceba, aunque como siempre estaba fija a la silla, no podía confirmarlo, pero yo discernía bien por detrás de sus vestidos floreados unas espaldas atléticas, unos muslos extraordinarios y, en definitiva, un físico excepcional. Sus dientes eran blanquísimos y siempre callada y escuchando (al menos parecía que escuchase), yo me sentía bien atendido. No sabía realmente nada de ella, ni su pasado, ni su edad y hasta dudaba de que su nombre fuese Teresita, aunque Paquita decía que según los informes médicos se llamase así. Sólo intuía con mirarla que aquella mujer debía de haber sufrido mucho en su vida y lo sospechaba porque lo tenía escrito en sus enormes ojos verdes que ella había soportado fatigas y privaciones y sino, ¿por qué no hablaba?

Paquita. Paquita. Paquitaaaaaaa.

La vieja sólo comía si Paquita le daba de comer, lo que representaba todo un problema, porque si faltaba Paquita, entonces la vieja ni despegaba los labios, que por cierto, eran bellísimos y que yo siempre acababa admirando en aquel brote lujurioso rojo de su boca muda.

Paquita. Paquita. Paquitaaaaaaaaa.

Y finalmente aterrizó Paquita.

- Hola. He llegado y soy la Paquita. ¿Cómo estamos Teresita? (Cantó Paquita.) No ha probado ni bocao' y es que aquí tiene que venir la Paquita pa' darle a usted de comer. (Paquita siempre hablaba con naturalidad y desparpajo a los ancianos.) ¡Con lo ocupa' que estoy esta mañaǃ Tenemos uno asesinao', Cesar Villalba Villalba, alias El Violador. (Dijo Paquita en bajito.) Y usted sin enterarse. Ay Teresita que sino vengo yo, usted no me come y se me muere. Ande, abra la boca que le voy a dar la sopita.

Paquita era la única enfermera amable, simpática y cariñosa que alegraba la existencia a los ancianos de La Residencia Los Rosales y, por eso mismo, La Vieja sólo permitía que ella le alimentase, y es que La Vieja aunque inmóvil o inanimada, no era idiota. Las demás enfermeras eran todas o brujas o diablos.

- Ay Teresita que un día usted tie' que hablar pa' demostrarle a todos lo espabilada que es. (Concluía.) A mí, no me la pega. Yo sé que usted es por lo menos condesa y con carrera, que le miro esos ojos verdes fluorescentes que se clavan en mí toos los días y a mí no me engaña. Yo que la visto y la desvisto, que la lavo y la peino. Prométame que un día hablará y al otro se moverá, porque sino se mueve tarde o temprano, el cuerpo se le anquilosará y se convertirá en piedra.

La vieja desplegaba mansamente la boca para ingerir los trozos de filete que Paquita le introducía pero seguía sin hablar y, totalmente paralizada, daba la impresión de ser una muñeca de porcelana; con su respiración pesada y su inmovilidad continua; parecida a la muerte. ¿Qué le pasaba a La Vieja? ¿Estaba resignada a envejecer en aquella amarga residencia sola y estancada en una silla de ruedas mientras el mundo giraba a su alrededor?

Arggg. (Yo solté un bufido de exasperación mientras la observaba.) *Pobre Vieja.*

Era cierto que no decía ni mu y que no se movía pero a La Vieja le quedaba el pensamiento y ella sabía sólo una cosa. Tenía una sola idea incrustada en su mente: *una sola idea*: escapar, pero ¿cómo? Sus piernas eran incapaces de sostenerla, no podía ni alimentarse sola. No disponía de mucho tiempo. Contuvo el aliento y entornó los ojos. Se fugaría como antes lo había hecho en el pasado, en otras muchas ocasiones. La Vieja reunía todas las cualidades características de la perfecta evasión: fe en el propio destino, lucidez matemática, incapacidad para la duda, una considerable dosis de suerte y una calma sobrenatural ante el peligro. También era cierto que era más vieja y que no conseguía impulsarse para ningún lado pero ¡aquello no importaba! Había estado en situaciones incluso peores.

Yo, durante mi estancia en Los Rosales, no lograba dormir bien por las noches; ahora, en cambio, caigo como don Felipón.

Si incluso alguna vez conseguía pegar el ojo, me despertaba al poco tiempo aterrado y a veces encadenado; sin embargo, trataba de vencer ese temor senil a la muerte. Para mí, la muerte no era lo peor sino sucumbir allí dentro de La Residencia Los Rosales. Un lugar que yo consideraba el mismo infierno siempre acosado por monstruos uniformados de blanco. El averno, aunque en el epicentro de un desierto, era un gélido cementerio de viejos vivos pero todos a punto de morir: doctores y enfermeras esperaban –como las hienas- para devorarnos vivos.

Dadas aquellas circunstancias, estaba dispuesto a hacer todo lo posible por fugarme de allí – *fuera lo que fuese.*

3. Y quedaron nueve españolitos

El despacho del cabrón de don Paco era zona VIP, dentro de la residencia de mierda de Los Rosales. Una pared dominaba su oficina con una estantería de libros y enciclopedias tratando sobre geriatría, problemas mentales, senilidad etc – en orden alfabético: Práctica de la Geriatría, Principios de Geriatría y Gerontología, Amnesia y examen físico del anciano, The Washington Manual Geriatrics etc. Después estaba posicionada la Biblia y extrañamente un libro de problemas sexuales de viejos y viejas; se encontraban apoyados uno sobre el otro. ¿No resulta interesante que los temas de dios y el sexo estén siempre tan estrechamente relacionados, tocando el primero al segundo?

En la pared opuesta estaba aparcado un escritorio de madera con documentos y cartas desordenadas. Detrás de este escritorio, la ventana daba al jardín delantero – si 'jardín' puede denominarse a cuatro setos amarillentos de rosas cansadas y marchitas. Frente a la escribanía había dos sillas y una mesita rústica con una taza de café, azucarcillos y una bandeja de pastas variadas.

El cabrón disfrutaba a diario de suculentas galletas, bollos y pasteles sobre su mesita favorita, pero a los viejos nos servían gelatinas para comer todos los putos días.

- Inconcebible. (Pronunció acalorado el director del centro Los Rosales, don Paco, tras un carraspeo.) Nuestra residencia está protagonizando el episodio más oscuro de su impecable historia. Nuestro centro geriátrico de reputación tan intachable, ahora manchada por un asesinato. Escandaloso, intolerable.

Todos los allí presentes le miraron atónitos, sin saber qué decir, mudos y desencajados.

- Incalificable. (Explicaba don Paco remarcando cada sílaba.) Un crimen y nadie sabe nada. César Villalba Villalba. Todas las pruebas señalan que ha sido un homicidio. Y, ¿si empiezan a venir familiares y después la televisión? (Tartamudeó el cabrón de don Paco.)
- Por eso, ¡ni se preocupe! (Interrumpió Paquita.) Era un violador hijo de puta y no tenía familiares vivos.
- ¿Está usted intentando decir que se lo merecía? (Inquirió el director sintiendo un pesado nudo en su garganta).
- Pues, pa' serle sincera, ¡sí! ¡Pena que no le hubiesen castrao' antes pa' no cometer to' lo que cometió! (Se arriesgó a opinar Paquita.)

A continuación Paquita se rascó la punta de la nariz y don Paco se encogió de hombros.

- Bien. (Murmuró el director.) Dejemos las cosas como están. ¡Cuéntenos lo que ocurrió esta mañana! (Solicitó don Paco, secándose las gotas de sudor de la frente con los temblorosos dedos de su mano.)
- Les explico….(Se apresuró Paquita a relatar.)

Paquita respiró hondo y se tomó unos instantes para responder.

- Iba yo esta maña' a la habitación de Teresita pa' hacerle las labores de toos' los días, que si lavarla que si peinarla…En fin asearla. Eran las seis de la maña' y abrí la puerta pa' desearla las buenas mañas como siempre hago y me encontré con el espectáculo. No solté un grito de milagro porque una ha visto ya tantas cosas que se ha acostumbrao'. Allí estaba la Teresita durmiendo a pata suelta; pa' mí que hasta roncaba y a los pies de ella, se encontraba el violador con los cojones cortaos'; o sea degollao' como los cerdos pa' que engorden.
- Mujer. ¡Qué expresiva es usted! (Interrumpió don Paco sin parpadear). Pero, ¡prosiga, por favor!
- Llegados a este punto, ya lo he contao' todo, (aseguró Paquita abriendo los brazos de par en par), el violador estaba allí desangrao' y la Teresita como un tronco.
- Es decir que esto ha sido un verdadero asesinato. (Don Paco exhalaba el aire que había estado reteniendo.)
- ¡Anda no! Está usted descubriendo las Américas. ¡Qué poder de deducción, macho! ¿Pues si a usted no le parece asesinato que a uno le corten los cascabelillos? (Exclamó Paquita y todos los presentes se quedaron estupefactos.)
- Mujer, me he limitado a exponer mis pensamientos en alto. (Indicó el director perdiendo los estribos.) ¡Continúe por favor!
- Pues, sí, que ya está, (replicó Paquita con un primer suspiro) que no hay na' más que contar. (Un segundo suspiro). Uno desangrao' por los cataplines y la otra a pata suelta como si nada. (Añadió Paquita arqueando sus hombros y sus cejas al unísono.)
- ¿Quién puede haber sido el autor de tal atroz asesinato? (Preguntó don Paco con cara de

Sherlock Holmes arrascándose levemente el mentón.) ¿Es posible que sea la misma Teresita quien lo haya matado? (Los allí presentes tenían las caras tan blancas como el yeso por el susto.)
- Lo dudo. (Aclaró el doctor Fernández rompiendo el silencio y medio cerrando los ojos con su característico aire de superioridad.) La paciente Teresa Zolayo no puede moverse. (Agregó rígido, erguido; con su impecable bata blanca.)
- ¿Es acaso paralítica? (Cuestionó don Paco con curiosidad y con "cara de tonto" dicho sea de paso.)
- En cierta manera lo es. (Profirió el doctor Fernández echando una mirada larga y evaluativa al infinito). Es una parálisis simbólica e imaginaria. La paciente cree que no puede moverse y como ella misma lo cree, entonces no se mueve.
- O sea físicamente puede moverse pero no psicológicamente. (Sopló don Paco confundido).
- Exactamente. (Confirmó el doctor Fernández con renovado aire de superioridad).
- ¡Qué difícil que lo ponen ustedes, leches! (Interrumpió Paquita.) Que no se mueve, joer.

En este capítulo queda de aclarar, mi estimado lector y lectora, que don Paco y el doctor Fernández exigieron a todos los empleados que mantuviesen el más absoluto de los silencios respecto a la matanza, degüello y otras menudencias del delito. Ya de paso les advirtieron expresamente que de no seguir sus instrucciones, se les caería el pelo; con escarmientos tales como echarles del curro y como 'el horno no está para bollos' y debido a la rampante situación económica española actual, pasada y futura –negativa- claro está, pues todos hicieron caso omiso y no dijeron ni pío.

4. Nueve españolitos trasnocharon mucho.

Finalizado el incidente del castrado César Villalba Villalba, todo retornó a la relativa normalidad en la Residencia Los Rosales, *como si nada*, pero resulta oportuno a este punto de mi relato que yo les revele con cierto detalle quiénes son el doctor Fernández y don Paco.

Don Paco, o el director del centro de La Residencia Los Rosales, es un tipo menudo y calvo, insignificante y gordinflón que de crío pasaba fácilmente desapercibido; lo que le conllevó sus grandes ventajas. Por ejemplo, si alguna travesura acontecía en el colegio, siempre culpaban a los otros muchachos como los artífices de la chiquillería y no a él. De esta manera salía ileso de todas aquellas fechorías y andanzas infantiles. Se crio en un colegio católico y debido a esta educación (monjas, curas y demás parafernalia) le enseñaron que casi todo en esta vida es una transgresión, lo que le hacía sentirse muy culpable. Este sentimiento sentimentaloide de culpabilidad, responsabilidad y yerro se sincronizaba con su personalidad (pero no en todas las esferas de su existencia) y le resultaba muy difícil de extirpar de la penumbra de su alma.

Decíamos que al criarse a diario a base de Aves Marías y Padres Nuestros, se sentía culpable de casi todo pero no de todo. Por ejemplo, no experimentaba ninguna culpabilidad cuando le era infiel a su esposa con las enfermeras o auxiliares. Tampoco sintió culpa cuando el puesto de director del centro le fue concedido, no por pasar una entrevista o tener las cualificaciones necesarias, sino simplemente porque era el sobrino del director general de Barcelona.

No obstante, experimentaba cierta culpa cuando observaba los resultados negativos, es decir, él no era culpable de ser el sobrino del director general pero, ¿quién tenía la culpa de que España fuese tan mal? ¿Tal vez los enchufes o las conexiones? Tal estructura *made in Spain* producía un sistema ciertamente corrupto e ineficiente Y TODO ESTO SI LE HACÍA A DON PACO SENTIRSE MUY CULPABLE y entonces sudaba y para sus adentros pronunciaba: Ave María purísima, sin pecado concebida.

En cuanto al doctor Fernández, era tan cabrón como don Paco o incluso más y también era un pelado. De pequeñuelo, siempre destacaba en todo, sacaba muy buenas notas y, en fin, era deslumbrante. También es cierto que procedía de una familia "de bien", de médicos y especialistas, y que sus padres le pusieron profesores particulares para todo, y que repitió dos cursos pero era deslumbrante. Aún con todo, el doctor Fernández representaba el típico doctor español arrogante, altanero, soberbio, presuntuoso y robótico que se creía que por ser doctor y tener un título universitario era superior a los otros mortales españoles. Trataba a sus pacientes con distancia, nunca les preguntaba cómo se encontraban porque, de hecho, para él, los pacientes ni se encontraban. Los consideraba objetos allí frente a su majestad y no seres humanos. En mi humilde opinión, el doctor Fernández, era un tonto de capirote y más malo que la tiña. Maltrataba psicológicamente a sus pacientes, los humillaba; los amedrentaba porque él era un señor doctor y nosotros tan solo unos viejos.

Recuerdo aquella conversación mantenida hacía unos meses con el cabrón.

- Me duele la cabeza. (Me lamenté y murmuré palabras ininteligibles sin levantar la vista del suelo.)

El doctor Fernández chasqueó la lengua con desaprobación.

- Y, ¿qué pretende usted con todos los años que tiene? (Me contestó soberbio y altanero, siempre tratándonos a los viejos tan duramente, sin ningún tipo de afecto o compasión.)
- Y, ¿qué tienen que ver los años con la cabeza? (Pregunté yo profundamente irritado.)
- ¡Siéntese! (Me ordenó como quien manda a un perro. Yo sudaba. Sentía arder mi cuerpo bajo mi traje y tenía la frente empapada.)
- ¡Váyase usted a hacer puñetas! (Pronuncié contemplándole amenazadoramente.)

Me limité a marcharme de su consultorio dando un portazo. Yo no era ningún perro. Yo era un viejo que me merecía más respeto y un trato más humano.

5. Uno de los españolitos no se pudo despertar

La Residencia Los Rosales consistía de cuatro estratos perfectamente diferenciados:

1) El sótano o recinto ubicado debajo de la tierra (comúnmente denominada La Bodega) (sin viejos, al menos vivos, pero con abundante material clínico donde también se amortajaba a los muertos).
2) El Bajo (con 60 viejos) y los 'más peligrosos'.
3) La Primera Planta (con 120 viejos). 60 de ellos en la Zona Verde o los totalmente válidos y los otros 60 en la Zona Roja o los que van en silla pero prestan colaboración.
4) La Segunda Planta (con los últimos 120 viejos) Todos ellos con Alzheimer o con algún otro tipo de demencia o los denominados "locos".

■■■

¡Ay los locos o los de la segunda planta! Seres que se nublaban de repente. Demenciales, delirantes, desvariados.

■■■

Que si uno se ponía a gritar como un 'tarado', de golpe y porrazo, y sin causa aparente. Que si otro se arrojaba al suelo y pataleaba, sin ton ni son. Que si el de más allá se daba de cabezazos contra la pared. Ay que sí, que eran viejos pero también locos. ¿Y para qué negarlo? Esos eran los que de verdad por su Alzheimer o su demencia senil debían de estar allí porque no podían quedarse en casa de los hijos. Ya hubo más de uno que se tiró desde la ventana.

Esto se comprende, que es una necesidad. Estos viejos locos deben recluirse en estos centros pero los otros tipos de viejos no. O al menos en España con los centros geriátricos que tienen, donde no hay consideración ni por el viejo, ni por las canas, ni por la humanidad.

Aquel oído que oía, ahora es 'duro de oído"; aquel ojo que veía, ahora no ve ni tres en un burro; aquella mano fuerte y regia ahora es impotente; y al perderse sus habilidades, se pierde el respeto. Y allí se tiran a los viejos, en la Residencia Los Rosales.

■■

Por favor disculpen mi antepuesta interrupción. Paso de nuevo al hilo de esta historia que es lo que aquí nos incumbe. Les comentaba al inicio de este capítulo que había un total de 300 ancianos. César Villalba Villalba, alias El Violador, había estado ubicado en El Bajo por ser altamente 'peligroso' junto con los otros pendencieros; cada uno de ellos con sus respectivos historiales criminales variados: infractores, violadores, raptores, envenenadores, chantajistas, abusadores, corruptores, belicosos y mal hablados, irrespetuosos de las propiedades y de las vidas humanas y hasta animales, profanadores de tumbas, sádicos, criminales asquerosos, maltratadores. En fin, 60 viejos proscritos que según Paquita eran aquellos que no cabían en la cárcel. Todos ellos en habitaciones separadas y cerrados a llave, 'a cal y canto' y con un complicado sistema de seguridad.

Ojo al dato, señores y señoras: no sólo se necesitaban códigos de cuatro números para entrar o salir de cada cuarto, sino que además había dos pasillos comunicantes con también diferentes códigos - obstáculos claramente difíciles de franquear. ¿Cómo entonces había logrado El Violador salvar cada una de las medidas de seguridad desde El Bajo hasta el Primer Piso donde se encontraba La Vieja, La Loza, La Condesa o La Efigie?

- Y, ¿por qué Teresa Zolayo se encuentra emplazada en La Primera Planta, en la Zona Roja? (Se interesó el Director en saber.) ¿Acaso no están en esta planta aquellos ancianos en silla pero que prestan colaboración? Teresa no facilita ningún tipo de ayuda. Entonces no comprendo qué hace ahí.
- En El Bajo no podíamos ubicarla porque no es peligrosa. (Admitió el doctor Fernández encogiéndose de hombros.)
- De acuerdo pero ¿no debería estar instalada en la Segunda Planta? (Observó el director y guiñó un ojo a Fernández con gesto de complicidad.)
- Don Paco. (Interrumpió el doctor Fernández cerrando sus ojos y no devolviendo el guiño al Sr. Director) Pero tampoco tiene demencia.
- Le repito doctor Fernández: Teresa no presta ningún tipo de colaboración. (Dijo esta vez el director cabreado.)
- Don Paco. (Terció esta vez Paquita.) No quedaba sitio. Además tampoco era cuestión de depositarla en La Bodega a la pobrecita. (Paquita exhaló un suspiro largo y dramático.)
- ¿Puede explicarme doctor Fernández qué es lo que tiene exactamente Teresita? (Interrogó el director dirigiéndose de nuevo a Fernández.)
- Se denomina Parálisis Histérica persistente. (Expuso el galeno con los ojos medio cerrados de nuevo y su característica pompa.) La paciente tiene la consciencia de que no puede mover sus piernas.
- Y ¿no podemos hacer algo? (Inquirió el director con cara de pasmado.)

- Ja, ja, ja. (Emitió el medicucho.) ¿Qué le parece a usted conectarle electrodos a sus piernas, o tubos de radio en su piel hasta quemarla o incluso inyecciones de éter subcutáneas?
- Pero, ¿por qué, por qué? (Enmudeció don Paco.)
- Le ocurre a muchos viejos. O son síntomas histéricos producto de un trauma o, francamente, como éste parece ser el caso, ocurre en los pacientes o que son analfabetos o imbéciles perdidos. (Ratificó Fernández con condescendencia.)

Tras indicar esto el doctor Fernández, Paquita cayó en la cuenta de que Teresita estaba en la Primera Planta, en la Zona Roja porque extrañamente, SI PRESTABA COLABORACION. Era cierto que no hablaba, que no se movía, que no comía sola PERO, se percató de que TERESITA NUNCA SE HABÍA HECHO ENCIMA. Fue en ese momento justo que Paquita entendió que en los tres meses que La Efigie llevaba en el centro, jamás le había cambiado un pañal. En otras palabras, LA CONDESA NUNCA SE HABÍA HECHO CACA O PIS ENCIMA. Entonces, entonces… ¿Cómo era posible? ¿Quién le cambiaba los pañales? Entonces, entonces. ¿La Vieja podía moverse?

Paquita pensó y repensó pero nunca dijo nada. Al fin y al cabo, si afirmaba estas cosas a don Paco o al doctor Fernández, entonces podrían incriminar a La Vieja del asesinato del violador y Paquita no era una chivata. Además el violador se lo merecía. Así que Paquita cerró bien la boca y se guardó para adentro todo lo que sabía- que era mucho.

Tras la conversación, don Paco se encerró en su despacho y comenzó a sentirse culpable de nuevo. Caviló que La Residencia Los Rosales no era simplemente una residencia, era el epítome de España entera. Los ancianos de la residencia eran la población española (mayoritariamente octogenarios) al igual que España: un país de viejos.

Él mismo don Paco representaba la clase privilegiada, cobrando mucho y trabajando poco; a costa de las auxiliares que eran las más pringadas, o las que más trabajaban y menos cobraban. Acto seguido don Paco se quedó erguido y por unos minutos sintió en su pecho una angustia opresora.

Don Paco concluyó que La Residencia Los Rosales era España en miniatura. Dedujo naturalmente que la situación podía mejorarse: pagar más a las enfermeras y auxiliares y menos horas para evitar el rampante absentismo laboral, y él (como los doctores) cobrar menos y trabajar más. También podía emplear a más personal y más gente especializada para optimizar el estado reprobable de los ancianos pero todos aquellos cambios no le convenían y además él no tenía la culpa de ser el sobrino del Director General de Barcelona.

6. Y entonces quedaron ocho españolitos

La Residencia Los Rosales se rige por unas reglas estrictas e inmutables. Estas reglas afirman claramente que las cosas se hacen por el bien de los ancianos, pero en realidad se estipulan por claras razones económicas y de vagancia.

A los viejos se nos obliga a levantarnos puntualmente todas las mañanas a la misma hora (sea primavera, verano, otoño o invierno; sea Nochevieja o Año Nuevo). Es obligatorio alzarnos a las 6 o a las 7 o a las 8 (dependiendo del centro en cuestión. En Los Rosales era a las seis.). Y ¿por qué? Porqué éstas son las reglas estrictas e inmutables. Entre cuatro auxiliares, (ahora dos por los recortes laborales), nos levantan, nos lavan y nos preparan –peor que en una cárcel. Los viejos no podemos quedarnos en la cama descansando porque así son las reglas estrictas e inmutables.

No hace falta explicarles (ya que ustedes mismos lo habrán deducido) que yo nunca permití que me lavaran o arreglaran. Me lo hacía todo yo solito. No obstante, me ataban con correas. ¡No se echen las manos a la cabeza! Mientras la sociedad discute si los perros de determinadas razas deben ir por la calle atados o sueltos, la mayoría de las personas ingresadas en las residencias españolas pasan sus noches sujetas con correas. España, de hecho, abusa de estas ataduras y es el país europeo que más utiliza este método. (Según ellos PARA EVITAR CAIDAS.)

Don Paco sentía una congoja incontenible y culpabilidad por causa de estas reglas estrictas e inmutables, pero pronto lograba sobreponerse. En su interior consideraba las correas como un maltrato, pero prefería ver a los mayores controlados a cambio de permitir que les lastimasen su dignidad. Por eso, era capaz de hacer la vista gorda y de orientar sus pensamientos de culpabilidad y congoja hacia otro lado (al fin y al cabo él nunca iba a concluir sus días en una residencia de ancianos cuando se hiciese viejo). Él acabaría jugando al golf en una urbanización de lujo y viajando en alegres cruceros por las islas griegas. Quizás no haría tanto y la versión sería más 'a la española', es decir, jugando a la petanca y con excursiones a Benidorm, pero, para el caso venía a ser lo mismo.

El doctor Fernández, ni tan siquiera sentía empatía por los viejos, porque él no había asistido a un colegio católico sino a uno privado. Además él tampoco finalizaría el resto de sus días en una residencia.

En fin, Y UNA VEZ TODOS DESATADOS, LAVADOS, BAÑADOS, LIMPIADOS, HIGIENIZADOS, DESINFECTADOS, CAMBIADOS LOS PAÑALES Y ARREGLADOS Y POSTERIORMENTE UBICADOS EN EL COMEDOR… Yo saludé - como de costumbre - a mi vieja amiga aunque, esta vez en particular, sólo lo hice con la punta de los dedos.

- Buenos días tenga usted. (Dije arrimándome a ella y quitándome cortésmente el sombrero). He dormido mal. (Confesé.) ¡Las putas correas! (Expliqué y creí ver que ella me sonreía con complicidad). Esta noche me he levantado tantas veces sudado, desazonado. (Suspiré en un acto mecánico devolviéndole la sonrisa.) Además me tengo que aguantar el pis toda la noche. Me niego a mearme encima y que me acaben poniendo unos pañales. Prefiero que se me hinche la vejiga hasta explotar antes de que me encuentren orinado. (Añadí quitándole importancia al asunto de las correas.)

Aquel día hacía un calor sofocante y en La Residencia Los Rosales no existía el aire acondicionado. Los profesionales no lo recomiendan porque según ellos es contraproducente para la salud de las personas mayores, ya que alegan que pueden sufrir de deshidratación, con lo que las gelatinas son el producto alimenticio más aconsejable para evitarla. Yo, aquel día, estaba empapado.

- Jodidas gelatinas, ya hasta cago gelatina. (Me quejé de nuevo a mi amiga.) No se ha enterado del asesinato. ¿No es cierto? (Apreté sus manos contra las mías.)

Miré a través de la ventana del comedor. Aquel día la arena brillaba tal como en las películas de vaqueros de John Wayne.

- ¿Quién fue el gilipollas que bautizó a este centro Los Rosales? (Dije roncamente poniéndome de pie y dirigiendo la mirada de nuevo al jardín.) No hay ni un puto rosal en ningún lado. Ya se han muerto todos. Un par de setos delante de la puerta principal, ¡eso es todo! Estamos rodeados de un desierto feroz. A veces creo que estamos en Almería y no en Logroño. Esto es como una cárcel en el medio de la nada. No quieren que salgamos nunca de aquí. Moriremos todos dentro enjaulados. ¡Qué triste realidad!

La Vieja parpadeó.

- ¡Leches! Usted me ha guiñado el ojo. (Creí percibir.)

La Vieja volvió a parpadear.

- ¿Quiere usted decirme algo? (Inquirí con un espoleo de curiosidad.)

La Efigie echó una lágrima gorda que se deslizó por su mejilla. Después en un gesto rápido, se la bebió de golpe. Yo sonreí y exclamé lleno de una felicidad renovada, lo que ahora paso a transcribirles literalmente.

- Siempre supe que estaba viva, Teresita, ¿qué es lo que me sucede? ¿Qué es lo que nos está sucediendo a todos nosotros? ¿Por qué respiramos tan débilmente en la quietud absoluta, de estos nuestros cuerpos y nuestras mentes, que esperan el milagro de retornar a nuestra condición original? Pero, ¿cuál es nuestra condición original? ¿Hemos sido alguna vez jóvenes o hemos sido siempre así de viejos? QUIERO VIVIR TERESITA. POR FAVOR GUIÑEME UNA VEZ MAS UNO DE SUS OJOS, POR FAVOR. SE LO SUPLICO. (La Vieja parpadeó – o al menos eso me pareció y después me indicó con el dedo que me acercara a sus labios – o al menos eso me pareció).

 Entonces aproximé mi oído a la boca carnosa de ella y tras unos minutos, decidí hacerlo. Sentía un gran respeto por La Condesa. Sólo con examinarle aquellos ojos luminosos, sabía que ella era una experta. La Loza era imperturbable, por fuera y por dentro. Ella siempre me había escuchado a mí con atención, con una actitud fría, sin levantar una ceja, sin mover un solo músculo de su cara. La Condesa era toda una profesional y si por primera vez me hablaba, yo tenía que prestar atención y obedecer. No la interrumpí. La dejé expresarse sin perder un solo detalle. Su tierna boca susurraba palabras a mi vieja oreja y yo escuchaba atento.

Así que como un perro leal y tal como se me ordenó, me dirigí primero a las ancianas más femeninas y me senté al lado de ellas. La Loza me vigilaba sin pestañear a la distancia. Yo tenía que cumplir con mi obligación y con lo que La Vieja había dispuesto para mí.

- ¿Ustedes creen que hay derecho? (Les pregunté a todas ellas con gesto de resignación.) Ustedes tan femíneas, tan lozanas –como tomates verdes y sin embargo, no pueden desplegar su feminidad. (Ellas miraban sorprendidas.) No tenemos ni una peluquera en el centro, ni una. ¿No les agradarían unos rulos, un cardado o una buena permanente? ¿No les apetecería expandir su guapura tiñéndose de rubias, morenas o pelirrojas? Y no digo que ustedes no sean ya guapas de por sí pero…(Ellas me atendían intrigadas.)
- Pues tiene usted toda la razón del mundo. ¡Yo con estos pelos! Nos prometieron un servicio de peluquería, ¡no es justo! (Comentó Matilde – la más femenina de todas ellas.)

Matilde no aparentaba los setenta. Sus carnes todavía prietas y su mirada candorosa e inocente, le hacían disimular de diez a veinte años menos. Llevaba chándales y deportivas rosas, llamando graciosamente la atención sus enormes gafas azules de la marca Carolina Herrera. La verdad es que la mujer estaba de buen ver, y de tener el pelo teñido incluso encubriría su verdadera edad con muchísimos menos dígitos. Con sólo verle la cara a Matilde, uno ya podía adivinar cuál era su problema. Nunca en su vida había sido libre. Primero estuvo bajo la tutela de sus padres. Una vez casada, bajo la tutela de su marido y ya de vieja, bajo la tutela de sus hijos quienes dispusieron enterrarla en aquella residencia de ancianos de por vida. Aquella falta de independencia le causaba una frustración feroz, aunque lo asimilaba de mala gana debido a su status de mujer; al fin y al cabo, muchas mujeres en España se encuentran en la misma situación que ella.

Tras convencer a las señoras, capitaneé hasta la mesa de los ancianos más varoniles, tal como La Vieja había decretado .

- Buenos días, caballeros y perdonen por la intromisión (me presenté a ellos conteniendo la respiración) pero tengo algo urgente que comunicarles. Aunque muchas veces se sientan desfallecidos y hasta lleguen a creer que han alcanzado un periodo de sus vidas caracterizado por la chochez y la apatía, ¿no les cautivaría todavía una buena moza que llenase sus vidas de una alegría plena? (Tuve los cojones de preguntarles y ellos me miraron confundidos.)
- Mire usted, señor filósofo. (Dijo crispado Don Dionisio, con cara de pocos amigos). Aunque chocho, todavía me funciona la flauta y no me importaría tocar unas cuantas melodías. (Sopló él con una mirada ahora entre provocadora y ofensiva.)
- Pues lo dicho, pero para eso, uno debe prepararse. (Advertí yo exhalando un profundo suspiro e intentando ocultar el respeto que me infundía Don Dionisio: un Atlas de Hombre que con uno de sus porrazos podía dejar a una familia entera de luto.) ¿No nos dijeron que el centro tenía un gimnasio? (Levanté la voz con la intención de darle más fuerza a mis argumentos.) Con un gimnasio, podríamos todos ponernos fuertes y hermosos. (Guiñé un ojo.) Un gimnasio con pesas, bicicletas y demás artilugios para el culto del cuerpo. (Yo sabía que Dionisio era de armas tomar. Dionisio era poco viejo. Pesaba al menos 120 kilos y medía 1.80. ¡Con él pocas bromas! Su robusta constitución imponía, además de su mirada negra y penetrante.)

La situación de Dionisio era muy diferente a la de Matilde. Lo que frustraba a este hombre era el hecho de que por su estatus de varón siempre había llevado la voz cantante y sido el dueño de su vida y ahora se encontraba en una residencia siendo dominado por los demás.

De todas formas, Dionisio, aún con su edad, seguía imponiendo y de hecho era uno de los pocos con quien no utilizaban las correas. Ya habían intentado en más de una ocasión colocárselas pero él no dudaba en contradecirles por medio de un buen directo en la mandíbula.

Me quedaban las últimas disposiciones de La Vieja, así que me encamine a los ancianos sentados en las sillas de ruedas pero cooperantes, y les convencí de un podólogo. A continuación, persuadí a otro grupo de un masajista, y a otro de un fisioterapeuta. Hice todo, tal y como se me ordenó.

Mientras tanto, la enfermera más mala del centro (Rosario-La Pedro Botero) se encontraba en el sótano amortajando a César Villalba Villalba, alias El Violador.

Rosario era diabólica, rencorosa y perversa. Casi dos metros de estatura; una gigante infernal que aterraba a los ancianos, quienes la temían tanto, que algunos sólo con verla, se hacían pis o caca encima. Presumía de bigote negro, y ojos pequeñísimos y astutos pintados con khol. Contaban algunos que mató a la anciana más gorda del centro porque se la dejó caer cuatro veces en un mes. Aunque pesaba 140 kilos-un verdadero peso muerto-, La Pedro Botero no quería usar la grúa para levantarla, aun sabiendo la peligrosidad de hacerlo sin el aparato.

A Rosario le gustaba amortajar a los muertos y en esos momentos se encontraba con el fiambre de César Villalba Villalba. Primero le colocó algodón en la boca y con un spray especial, le selló boca y ojos. Miró atentamente al Violador Castrado. Tenía la pinta de ser todo un angelito. Decidió no vestirlo y dejarlo allí en pelotas sobre la camilla porque ¡qué más daba! No le quedaban familiares vivos y nadie iba a verlo. Así que lo introdujo en el saco fantasma- blanco y de plástico. Debía de llamar a Pastrana para que se hicieran cargo de él y a La Comunidad Autónoma, pero unos ruidos ensordecedores le estropearon el ritual.

El canturreo procedía del comedor de la Primera Planta. El escándalo era tal que parecía que el centro vibrase por causa de un terremoto.

Bueno, el caso es que cuando Rosario se presentó en el comedor de la planta primera, se encontró con don Paco, el doctor Fernández y Paquita que con los ojos desorbitados ya observaban la algarabía en su punto más climático, y sin saber qué hacer.

Las ancianas más coquetas y presumidas exigían servicios de peluquería: "Queremos peluquería que para eso pagamos 50 Euros al día." Los ancianos más machos reclamaban gimnasio: "Solicitamos gimnasio para que se nos suban los niveles de potasio."

Los inválidos reivindicaban su derecho a podólogo: "Aunque no podamos movernos, al menos queremos unos pies más modernos." (Aplaudían exasperados.) Otros tantos requerían de fisioterapeuta y hasta había un grupo que clamaba por cordero asado al menos una vez al año. Además del griterío los viejos habían derribado las gelatinas al suelo lo que resultaba altamente peligroso porque el entorno se tornó en resbaladizo, y quizás algún viejo se les cayese con peores consecuencias. Unos cuantos se mearon y cagaron encima al ver a Rosario entrar en el comedor, lo que no ayudó a la situación.

Por supuesto mi amiga, La Vieja, y yo no gritábamos, ni hacíamos nada. Estábamos como dos pasmarotes. Éramos los únicos espectadores que no decíamos ni esta boca es mía, pero quizás alguien notó que me acerqué al oído de ella y susurré.

- He acatado todas tus órdenes, Teresita. (Suspiré con sonrisa torcida y maliciosa.) Yo he cumplido con mi parte. Tú ya sabrás para qué quieres esta revolución. (La Vieja me contestó guiñándome, otra vez, uno de sus ojos verdes de junglas, de lianas y de boscajes – o al menos eso es lo que me pareció.)

Yo me ruboricé. La vieja me tenía encandilado.

7. Ocho españolitos viajaron por el Devon…

Don Paco y el doctor Fernández habían decidido no llamar a la policía. La razón era no deshonrar la intachable reputación de La Residencia de Los Rosales. El Violador fue enviado al Tanatorio donde estuvo expuesto unos días en 'la sala de los cristales' pero como nadie fue a visitarlo, La Comunidad se hizo finalmente cargo de él y acabó en una fosa común. Ni pidieron autopsia, ni médico forense, ni gaitas. ¿Para qué?

Permítanme ahora explicarles lo que es La Sala de Los Cristales. La Sala de los Cristales es un cuarto que se parece al limbo, o ese estadio intermedio entre los vivos y los muertos. Allí, expuesto ante los visitantes, se coloca al cadáver en el centro; bien vestido, maquillado y arreglado. Una aureola horizontal al muerto parece impulsarle hacia arriba, hacia los cielos y, quizás exista una aureola por debajo del muerto que le precipite hacia abajo o los infiernos, pero si el difunto ha estado en la Residencia Los Rosales, entonces, ¡da lo mismo! Porque el acabado ya ha experimentado el mismo infierno en la tierra.

Regresando al tema de La Revolución Senil, ésta produjo excelentes resultados. Don Paco razonó que como recibían 2000 Euros mensuales por cada anciano (más algunas ayuditas del gobierno por los 120 dementes de la planta dos), resultaba juicioso proveerles con algunas de sus solicitudes. Asignaron una peluquera mulata brasileña de nombre Lola que fue del beneplácito de todos, que fue la que me enseñó la palabra 'chingar'. Las ancianas la adoraban porque además de ser buena en su profesión, poniéndolas a todas muy guapas, decían que tenía una voz muy dulce y con un acento así como muy calentito y afectuoso. Además cantaba a menudo, mientras hacía los pelos, la canción esa brasileña:

"Olha, que coisa mais linda, tao cheia de graca", que nos sonaba muy exótico a todos los viejos. Los ancianos hombres –hasta los calvos- se dejaban hacer de todo porque comprobaron que si le daban propina, Lola permitía que le tocasen el trasero y es que el pandero de Lola era de armas tomar – de esos rollizos, redondeados y apretados.

Yo, ¿para qué voy a mentirles? Me fui a que me cortara el pelillo y me arreglase la barba todas las semanas que permanecí allí. Me cobraba cinco euros por sesión pero nunca me atreví a acariciarle el pandeiro.

También establecieron servicios de podólogo dos veces a la semana y de fisioterapeuta tres veces a la semana. Crearon un gimnasio con cinco bicicletas estáticas, cinta para andar, dos aparatos de remo y algunas pesas. Dionisio y sus fortachones lo utilizaban a menudo. Yo ni me pasé a ver cómo lo habían dejado.

Con las gelatinas no hubo tanta suerte y don Paco nos explicó que la dieta era la dieta, y que sólo velaban por nuestra salud. El cordero asado una vez al año tampoco fue aprobado.

Aún con todo, considerando la nueva situación, los viejos se sentían bastante afortunados.

Tras todas estas transformaciones, don Paco se sintió un poco menos culpable. El doctor Fernández, como era un canalla, pedazo de Caín; y estaba gobernado por ese orgullo español de la categoría – o sea aislado y vanidoso de su casta inventada de doctor con carrera universitaria- básicamente le importaba un pimiento si los viejos estaban mejor o peor, mientras él siguiese cobrando lo mismo.

Relativamente satisfechos tras la revolución y los cambios políticos y estructurales de La Residencia de Los Rosales, a la larga, los viejos continuábamos muriéndonos poco a poco como tenía que ser.

Allí consumaríamos las historias de nuestras vidas. Todos (sin excepción) nos sentíamos como hechos de madera y moviéndonos automáticamente. A algunos les hubiese gustado salir de allí volando. Los conscientes nos hundíamos en nuestras propias reflexiones direccionadas a la muerte.

Supongo que a Salvador también le hubiese gustado huir de allí elevándose a los cielos pero estaba enfermo, era manco, tuerto y cojeaba. Lloraba con desconsuelo porque se quejaba de algo roto pero no sabía el qué. La expresión de dolor y miedo estaba pegada a su rostro. Tenía la certeza absoluta de que ella lo remataría.

- Aborrezco a la gentuza como tú. (Masculló ella.) Eres un puto espurio y sufrirás en las llamas del infierno.

Tras el golpe final o golpe de gracia fue expulsado ventana abajo. Yo aprendí a ver, oír y callar.

8. Uno de los españolitos se escapó

Don Paco estaba pasmado. Aquello le resultaba incomprensible.

- La madre que me parió. (Aullaba don Paco.) ¡Otro muerto! ¡Dios mío, otro muerto! Pero, ¿qué vamos a hacer? (Rosario se relamía del gusto ante la idea de amortajar a otro más.)
- El problema no es este nuevo difunto, don Paco. (Señaló Paquita.)
- Lo sé. Lo sé. ¡Otro asesinato! (Recapacitó don Paco.)
- Al final, vamos que tener que llamar a la policía. (Añadió Paquita.)
- Ni hablar. Ni hablar. (Respondió don Paco, echándose las manos a la cabeza.) Pero estoy decidido a averiguar por todos los medios posibles, quién, cómo

y el por qué de los dos incidentes aquí ocurridos. Hemos tocado fondo y debemos encontrar una solución y respuestas muy pronto para acabar con esta fea página del Centro geriátrico Los Rosales. Díganme, ¿quién encontró al interfecto?

- Yo, señor. (Afirmó Rosario arrascándose el bigote.) Me tocaba entrar a las ocho de la mañana a trabajar y cuando me dispuse a abrir la puerta principal, lo hallé ya cadáver tumbado en el suelo. Se había tirado desde la ventana.
- Discrepo, don Paco. Lo lanzaron desde la ventana. (Le corrigió Paquita con la voz trémula.)
- Y, ¿cómo puede usted estar tan segura? (Preguntó el director con aire pensativo.)
- Una no necesita ser Sherlock Holmes, joer. (Dijo Paquita con su natural desparpajo.) ¿Desde cuándo una persona se tira de espaldas? (Agregó Paquita sabiendo que no podía estar equivocada.)
- Bueno, ¡pues se cayó para atrás! (Exclamó triunfante don Paco intentando recoger todos los datos en su cerebro.)
- El cadáver presentaba evidentes signos de una gran paliza, señor. (Afirmó Rosario con exactitud.)
- ¡Dios! ¿Qué he hecho yo para merecerme esto? (Se lamentó el director cerciorándose de que la historia se complicaba por momentos.) Un Centro, como el nuestro, que había sido tan tranquilo hasta ahora y como sigamos así se convertirá en tristemente célebre y suscitará un morbo nacional. Taparemos el asunto pero a partir de ahora quiero doble seguridad en La Planta Baja. ¡Un momento! (Gritó el director). ¿Cómo falleció si tan sólo se cayó de la Planta Baja?
- A veces me desespera. (Exteriorizó Paquita.) Rosario se lo encontró ya momia fuera del centro pero seño' director, a ver si se entera de una vez por toas', alguien lo mató a ostias. (Bramaba Paquita.) Aunque la palabra 'ostias' se las trae porque yo no sé si ostias es sin 'h' o con 'h' hostias.

- Gracias por la información, Paquita. Usted siempre tan directa. (Bufó el director.) Bueno, cambiando ahora de tema, ¿quién era la víctima?
- Se llamaba Salvador y maldita la hora que sus padres le pusieron ese nombre porque aquel bicho no era un salvador sino un matador. (Aclaró Rosario con mucha seriedad.) Llevaba toda su vida en la cárcel porque era un maldito asesino pero al final, como estaba ya enfermo, tullido y mutilado, era tuerto y cojeaba, se apiadaron de él cuando estaba en la cárcel y lo enviaron aquí para pasar el resto de su vejez.

Tras la conversación donde don Paco y el doctor Fernández no dudaron en reiterar que si hablaban de los asesinatos en el mundo exterior, serían expulsados de sus trabajos, Rosario pasó a amortajar a Salvador con mucho esmero. Le selló la boca y los ojos, y culminó su obra con un maquillaje corrector tan perfecto en su rostro y en su cuerpo que ni acercándose a él, se podía distinguir la colección de hematomas morados, amarillentos y negros que anidaban por debajo de sus retoques. El colorete en las mejillas, el cosmético corporal, afeite abundante sobre los cardenales y contusiones. Rosario se quedó pasmada al examinar su gran obra final. Le saltaron un par de lágrimas sin querer. Aquella era una obra maestra más propia de un embalsamador egipcio que otra cosa.

Cuando a Salvador lo transportaron a La Sala de Los Cristales (o el estrato intermedio entre la tierra y los cielos), brillaba en el centro como un serafín. Nadie al verlo pudiese haberse imaginado que fue un homicida en la tierra.

9. Primer intermedio amoroso

- ¡Ay cómo me gustas! ¡Qué buena y afectuosa eres! ¡Mi confortable almohadón! (Pronunció Dionisio. Matilde se había dejado la melena suelta, libre y desbaratada y estaba muy guapa.)

- Me da miedo que nos pillen. (Confesó ella con la respiración profunda quitándose las gafas).
- ¡Qué les den! (Gruñó él molesto).
- Me indigna que sean tan fascistas, tan retrógrados estando como estamos en el siglo XXI. (Afirmó la dama de rosa entornando los párpados.)
- ¡Qué les den! (Repitió el hombretón incluso más irritado). Me erizas la piel, me emocionas. ¡Huyamos! (Dijo abriendo los ojos con emoción.)
- ¿Cómo y a dónde? (Negó ella con la cabeza asustada de su ocurrencia.)
- Todavía no lo sé pero tiene que haber una salida. (Prosiguió él.)
- ¿Por qué nunca nadie nos avisó de que terminaríamos aquí? (Protestaba Matilde.)
- La pregunta correcta es ¿por qué nunca nadie nos avisó que hacerse viejo no es un proceso gradual – de esos a los que te vas acostumbrando poco a poco? ¿Por qué nunca nadie nos advirtió que llegar a viejo es un hecho que transcurre de la noche a la mañana y que se envejece en un abrir y cerrar de ojos, violenta y súbitamente?

En efecto, así íbamos muriéndonos los viejos en La Residencia Los Rosales, reproduciendo nuestras acciones diarias con un 100% de probabilidad de desarrollar fielmente las mismas acciones de hoy que las de ayer o las de mañana.

6.00 A.M Levantamiento comunal y limpieza general de ancianos.
6.15 A.M Renovación de pañales (si corresponde.)
6.30 A.M Evacuación si es posible antes del desayuno. (Por evacuación se entiende que es cagar y mear o defecar.)
7.00 A.M Desayuno comunal en el comedor.
7.15 A.M Vistas panorámicas del desierto tras las ventanas.
12.30 P.M COMEDOR

Operaciones idénticas y exactas. En consecuencia el día de hoy se convertía irremediablemente en el gemelo univitelino del día anterior y del día posterior.

- Mi amor. Si no nos escapamos de aquí, terminaremos sordos, ciegos, subnormales perdidos, incontinentes. Nos volveremos locos aquí dentro. (Explicaba Dionisio apenado.)

Tras un silencio absoluto ambos, viejo y vieja, se miraron sin parpadear. Se amaban. De sus corazones retumbaba el eco del amor como un trueno. Él la apretó instintivamente contra su musculoso pecho de hombre viejo y juntaron sus rostros y sus cuerpos en una misma figura enlazándose con un tierno beso, y esto ocurría porque los viejos también tienen derecho a enamorarse.

10. Y quedaron siete españolitos

La situación se tornó insostenible. Todo fue relativamente bien hasta el décimo asesinato. Don Paco y el doctor Fernández fueron capaces de silenciar los primeros nueve homicidios sin ningún tipo de problemas –al final Rosario plena de un éxtasis indescriptible, los amortajaba, los lavaba, los peinaba, los preparaba y todo se quedaba en casa- pero el décimo fue, en definitiva, la gota que colmó el vaso.

El Violador no tenía familiares (el caso por tanto fue bien disimulado.) Salvador tampoco (nuevamente fácil de encubrir.) Paco, (El Pederasta), había sido un huérfano. Ídem de lo mismo con Milagros, La Comadrona (asesina de bebés), Martina (La Envenenadora), Santiago (El Psicópata), Matías (El Sádico), Felipe (El Cortador de Orejas) y Sebastián (El Loco) que había abusado, violado y después asesinado a sus tres hijas naturales pero aterrizó el décimo muerto y fue una verdadera trastada.

Ramón, El Siciliano, aunque había sacrificado a muerte a su amante con el cuchillo de trozar el jamón serrano, la familia entera le adoraba. Todos sabían que la había descuartizado –se la encontraron bañada de sangre con cuarenta tajazos pero veneraban al Siciliano de todas las maneras. Poco importaba lo que hubiese hecho.

Debido a esta idolatría, cuando fueron a visitar a Ramón un domingo a La Residencia de Los Rosales y chocaron con su cuerpo tendido sobre la cama, y empapado de su propia sangre; debido a un número elevado de martillazos en su cabeza, solicitaron una autopsia y aquella disección del médico forense corroboró que El Siciliano HABÍA MUERTO A CAUSA DE LOS IMPACTOS OCASIONADOS EN SU TESTA.

Entonces empezó la trifulca y a raíz del décimo asesinato, las cosas se complicaron.

- Pero yo no falo bien el español. ¡Tengo tanto fallo gramatical! (Pronunciaba la Brasileira mimosa, melosa y pervertidora.)
- ¡Qué más da! (Bufaba el canalla de don Paco.) Contigo quiero infringir todas las reglas de la gramática. (Jadeaba el director frente a aquel pedazo de mujer de curvas sabrosonas.)
- ¿Todas, todas? ¿Las infringiría usted todas? (Ella decía despacito y melindrosa.)
- ¡Ay qué cuerpo tienes, morena! ¡Qué cuerpo! Divinal, diversivo y tan agramatical. (Y en la cara del cabrón del director se dibujaba una sonrisa infantil y de medio tonto, o de tonto entero.)

Mientras que a mí me inflaban a gelatinas, el cabrón no sólo gozaba de la bollería más exquisita de la geografía española, sino que además se las entendía con la peluquera brasileña.

11. Siete españolitos cortaron leña con un hacha

A las diez de la mañana, aproximadamente, el asunto se puso en manos de la policía. El Comisario rubiales, Palomo (de nombre completo Palomo Soldado Medina) se presentó en La Residencia Los Rosales para resolver aquel tinglado de cadáveres. Se parecía a Colombo en el hecho de llevar puesta una gabardina gris de forma desaliñada con el cuello irregularmente levantado.

"Hermoso panorama con el que me voy a topar."(Ponderó Palomo para sí.)

Palomo se mostraba serio y con una mirada entre humilde y humana –como si hubiese visto muchas cosas en la vida, y estuviese preparado para aceptar cualquier otra cosa que se le viniese encima.

Había recorrido el sendero de arena flanqueado de las cuatro mierdas de rosales (si a eso se le podían llamar rosales) y había entrado en el geriátrico. Una recepción que olía a polvo y a lejía le había inundado las fosas nasales, lo que no le dio una muy buena impresión inicial del lugar.

El termómetro, aquel día, indicaba los 42º y el cielo estaba más azul que nunca. Nuestro 'Colombo español', sin embargo, vestía su gabardina - como siempre - y nadie comprendía cómo en un día tan caluroso, no sudase la gota gorda con aquel capote. Palomo, no obstante, jamás había revelado a nadie su gran secreto que era que: EL SIEMPRE SENTIA FRIO. Daba igual que fuese verano o invierno, el cuerpo siempre le tiritaba incontroladamente a causa de una incomprensible refrigeración interior que, según él, le venía de la misma alma. Pero 'eso' no se lo podía confesar a nadie porque no sonaba muy profesional.

Además de este sentimiento constante glacial y amoratado, sufría de crudos dolores de cabeza para los cuales ingería aspirinas y de vez en cuando, le dolía la barriga, aunque más que dolencia era como un nudo extraño y también gélido en la barriga, y algunas veces en la garganta. Otra característica peculiar de Palomo era que era medio poeta, y aquí no estoy de broma, pero gustaba tanto de escribir poesía que, entre asesinato y asesinato, siempre salía con sus versos y sus rimas.

Hablaba poco y sus frases eran cortas y minimalistas. Era más dado a la reflexión que a la acción y su poco movimiento era reposado y suave.

Palomo también poseía su lado oscuro (o al menos eso era lo que él se creía.) Se consideraba un depravado sexual que jugaba demasiado con su imaginación. Lo que no sabía Palomo es que sus elucubraciones mentales sexuales eran del todo normales y bastante comunes en la psicología humana.

Apareció con su porte plácido y manso, deslizándose por los pasillos del centro como uno más. En su cabeza circulaban conjeturas, cálculos, sospechas. (De vez en cuando alguna que otra visión erótica.) *¿Sospechosos, cómplices, encubridores?* En un primer lugar, descartó a todos los ancianos de la Planta Dos. Al fin y al cabo, estaban casi todos en sillas de ruedas y sus demencias eran exageradas, hasta el punto que ni sabían dónde estaban.

Entonces concentró su pensamiento en las enfermeras, los doctores y, en fin, el personal médico, ya que todos ellos conocían los códigos de entradas y salidas. (Luego se le pasó por la cabeza los cuerpos desnudos de las enfermeras por debajo de aquellos uniformes blanquísimos.) Incluso llegó a excluir como sospechosos a los ancianos de La Primera Planta pero el drama de los sicilianos le hizo cambiar de opinión ....

Asomó la mujer del siciliano muerto, llorando a lágrima viva, emitiendo gemidos disonantes y acompañada de su abundante prole – todos ellos gimoteando, produciendo aspavientos; ademanes cargados de dramatismo y de repente, La Siciliana Madre gritó: "EZ EYA, ez eya...eza ez la muje' que azezinó a mi mario'." Dijo La Siciliana señalando a La Efigie quien totalmente estática, ni se inmutaba ante las exageradas gesticulaciones. "Eza ez la muje', que lo ze yo porque lo siento, eza muje me da yuyus."

- Pero si la pobrecita ni se puede mover. (Intentó aclararles Paquita)

La mujer siciliana no hizo caso de este comentario y fue a por La Efigie para arañarla. Tuvieron que retenerla y fue por este incidente que el Comisario de Policía Palomo – nuestro Colombo ibérico- decidió comenzar su investigación con Teresita. Tuvo que admitir con desagrado que la trifulca entre las dos mujeres le había excitado levemente. No por La Vieja, sino por la siciliana, cuyos pechos se desbordaron por fuera de su blanca camisa.

- Quiero cuestionar a esa señora. (Dijo Palomo señalando a Teresita.)
- Me temo informarle, señor Comisario que no habla. (Explicó don Paco.)
- Quiero. (Sentenció Palomo con su característico lenguaje breve e incompleto.)
- Lo que usted diga. (El director se alzó de hombros.) Le tenemos preparada una habitación para sus indagaciones. Pase por aquí, por favor.

Palomo fue invitado a un cuarto blanco y esterilizado, que apestaba a lejía. Se acomodó en una silla y se arremangó las mangas de la gabardina. Observó con detenimiento como pasaban dentro de la estancia una vieja exánime sentada en una silla de ruedas y empujada por una enfermera graciosa de enormes caderas (Paquita). La enfermera le enardeció momentáneamente al descubrir sus gigantescas caderas.

En aquel preciso instante a Palomo comenzó a dolerle la cabeza, con lo que se tomó con prisa una aspirina que guardaba siempre en uno de los bolsillos de la gabardina- el bolsillo izquierdo –para ser más exactos.

- Seré breve. (Apuntó Palomo dirigiéndose a Teresita.) El primer supuesto asesinato fue el de César, ¿qué hacía César Villalba Villalba en su dormitorio? ¿Qué quería? ¿Cómo entró?

Apareció el silencio. Un silencio raro en donde los ojos de Paquita se abrieron descomunalmente. Palomo repitió sus preguntas una a una y en el mismo orden y ya de paso volvió a fijarse en las caderas de Paquita.

- El primer supuesto asesinato fue el de César, ¿qué hacía César Villalba Villalba en su dormitorio? ¿Qué quería? ¿Cómo entró?

Volvió a surgir un mutismo extraño, aunque esta vez los ojos de Paquita se cerraron y se oyó un suspiro reticente.

- ¿Por qué no responde? (Inquirió Palomo elevando su tono de voz.)

Mutis total.

- Mal comienzo. (Agregó Palomo negando con la cabeza repetidas veces.)

Elipsis.

- ¿Alguna respuesta? (Tosco, breve y continuando con el meneo de su testa.)
- Pero, ¿no le han informado a uste', seño' policía, que Teresita no habla, no se mueve y no hace nada ella sola? (Aunque Paquita omitió que Teresita no usaba pañales, ni que se hacía caca o pis encima.)
- Y, ¿si finge? (Preguntó Palomo estrechando la mirada.)
- No lo hace. (Le aseguró Paquita abriendo sus brazos.)

Palomo, en un abrir y cerrar de ojos, se acercó a la vieja y le chilló al oído. Paquita saltó para atrás del susto pero La Vieja ni se inmutó.

- ¡Qué bestia! (Exclamó Paquita con los ojos muy abiertos.) Pero qué bestia que es uste'.

Palomo no se quedó satisfecho con esta prueba porque era 'de piñón fijo" y, ni corto ni perezoso, alzó a La Vieja quien permaneció temporalmente de pie, desprovista de su silla de ruedas. Paquita, pasmada ante el rebote inesperado del comisario, no reaccionó a tiempo y La Loza se desplomó involuntariamente contra el suelo, chocándose la cabeza y produciéndole un tremendo coscorrón.

- ¡Qué animal Dios mío! ¡Qué animal! (Berreó Paquita levantando a la pobre mujer.)
- Al menos, un sospechoso de menos. (Concluyó Palomo.)

Paquita apretó los puños. Buscó los ojos de Palomo y los encontró fijos en ella, brillantes y quietos.

- Bueno. No me mira así. Yo no soy ninguna cosa rara. Solo estoy haciendo mi trabajo.

Paquita echó a andar dándole la espalda y mascullando imprecaciones. A continuación se llevó a Teresita a la salita de primeros auxilios, donde le colocó un hielo en la frente; mientras suspiraba; "¡Pobrecita, pobrecita! Pero ¡Qué bestia, qué animal!"

Mientras tanto, Palomo apuntaba en un cuadernillo que guardaba en uno de los bolsillos de su gabardina –el bolsillo derecho para ser más exactos:

TERESITA x Razón: (Paralítica perdida.)

---

*Nota: Recuerden, por favor, que Palomo guarda sus aspirinas en el bolsillo izquierdo de su gabardina mientras que en el bolsillo derecho guarda su cuadernillo.

12. Segundo intermedio amoroso

- ¿Quién dice que un viejo no puede enamorarse, que no puede amar? Lo peor de todo es que aquí te obligan a morir. (Confesó Dionisio entre dientes). Lo que ellos no saben es que hay veces que se reúne el cielo y la tierra y surge la genialidad. ¡Créeme! Saldremos de aquí usando el ingenio. (El viejo parecía abstraído mientras hablaba como intentando hallar la salida de aquella celda.)
- Tengo mucho miedo. (Declaró Matilde frunciendo el ceño). Y además, ¡nos queda poco!
- ¿Y el hecho de que "nos quede poco", significa que no tenemos derecho a ser felices los pocos días que nos quedan? (Rebatió el viejo.)
- ¿Sabes? Yo antes de hacerme vieja, tenía una imagen idílica de la vejez. (Matilde sonrió con dulzura.) Veía la publicidad y me creía que yo acabaría con una abierta sonrisa debido al pegamento de la dentadura. O me veía en un parque con mis nietos.
- Sí, o con esos otros anuncios en donde los bancos te dan un excelente plan de jubilación pero le das todo a los hijos y los hijos te dejan en una residencia, como muebles inservibles y olvidados. No lo entiendo cuando nos podemos manejar todavía por nosotros solos. (El viejo levantó su puño mostrando su frustración.)

Los dos se abrazaron con ternura unidos por la más humana de las cualidades: LA ESPERANZA.

Palomo examinó con cuidado el cuerpo inerte de Ramón, El Siciliano. Dolía verlo. Era evidente que un martillo o un objeto contundente había sido descargado contra su cabeza. El muerto le miraba con las cejas arqueadas por la sorpresa. Palomo se asustó un poco al ver sus ojos abiertos y su rostro salpicado de sangre.

Se puso de cuclillas para echarle un mejor vistazo. Tenía miedo de tocarlo para no adulterar las pruebas. Le llamó la atención el crucifijo de oro cubierto de sangre alrededor de su cuello. Fue entonces que a Palomo le entró la inspiración del poeta y extrayendo el cuadernillo del bolsillo derecho de la gabardina escribió literalmente:

"La muerte nos pilla de sorpresa.
Aquí tengo a Ramón con 'la pata tiesa'.

Un charco de sangre se acumula en su cabeza.
Me mira con cara de tristeza.

Ojos desorbitados y ahogados en su último grito.
Y un crucifijo de oro en su cuellito.

Me dicen que fue un cristiano devoto
Pero no pudo ser tan fervoroso
cuando a su amante amorosa acribilló,
Con el cuchillo de cortar el jamón serrano
O el de bellota."

Palomo leyó y releyó su poema y pensó que no era bueno, así que tachó todos los versos y se quedó solamente con el primero: "La muerte nos pilla de sorpresa."

Se quedó quieto frente al muerto y frunció el ceño. Palomo no quería pensar y, no obstante, los pensamientos le hervían sin cesar en el cerebro.

13. Uno de los españolitos se cortó en dos

Inevitabilidad era la que me dirigía a La Vieja, a quien consideraba mi mejor amiga en Los Rosales.

- Mi querida Teresita. (Saludé a mi cómplice.) Pero, ¿qué le han hecho? (Me saltaban las lágrimas sin querer.) Esto ya es un ataque al honor y a la dignidad humana. ¿Por qué no les explicó que usted puede hablar, que puede moverse? (No pude controlar mi llanto.) ¿Por qué no les dijo la verdad? Sólo con advertirles que usted está en una misión secreta y que está fingiendo su estado de paralítica, la hubiesen creído y usted se hubiese ahorrado ese chichón tan gordo que tiene ahora tan feo en la frente. Entre usted y yo (susurré), y ahora que nadie nos oye, esta vez se ha pasado en su fingimiento. (Dejé de llorar por completo.) No hace falta llegar tan lejos, mujer. Porque usted y yo sabemos la verdad. La verdad verdadera que usted ha tenido un entrenamiento feroz para haber accedido al cuerpo más secreto de Inteligencia del Estado Español. Menuda lince está hecha. Dos años de joven tuvo, de una preparación física salvaje. ¿Cuántas flexiones y abdominales? Por lo menos cien y en menos de dos minutos, por eso usted aguantó con valentía aquella caída al suelo. Cualquier otro se hubiese roto las piernas. Corre dos kilómetros en menos de siete minutos y nada seiscientos metros en menos de trece minutos. Está hecha toda una máquina para matar. ¡Claro! Por eso le han asignado a usted esta misión tan importante. ¡No se preocupe! Yo mantendré la boca cerrada. (Yo ya no iba a llorar más. La Vieja me miraba de reojo.)

Seguía detenida en el tiempo con los ojos ahora entornados –como inerte- pero a mí me pareció ver que su pierna derecha se alzaba levemente como para hacer circular la sangre.

- ¡Claro, claro! No se preocupe. Nadie le ha visto moverse. ¡Pobrecita! Tiene que ser muy duro aparentar durante tanto tiempo. (Murmuré yo y luego le guiñé un ojo.)

Empujé la silla hasta el pasillo de la Primera Planta y la dejé sola unos minutos, ya que la gelatina de aquel día me estaba provocando de nuevo diarreas.

- No se moleste. Vuelvo enseguida. (Le advertí y me retiré corriendo por miedo a cagarme encima.)

Crucé el pasillo, me adentré en los servicios y me senté en la taza a desahogar mis penas. Palomo estaba entonces hablando con el director, cuando se oyeron unos gritos desgarradores – era Rosario que se había encontrado al muerto número once tendido en el mismo pasillo donde yo había dejado a Teresita, con un cuchillo clavado en su corazón. Era el de Martín Pajares- un sádico sanguinario- que dicen disfrutaba de matar a sus víctimas cortándoles antes trocitos de sus cuerpos. La Vieja estaba colocada frente a él –como siempre estacionaria y con los ojos velados.

Después de analizar al nuevo fallecido, Palomo fue a darse una vuelta por la residencia. Le pareció un lugar gris e invernal aunque estuviese en el mismo centro de un inhóspito y estéril desierto. Los médicos, enfermeras y auxiliares eran como figuras irregulares y borrosas. Los viejos –como presos –sin cadenas-pajarillos enjaulados- pariendo lagrimones, agitando sus pañuelos imaginarios hacia el cielo –con sus barcos rumbos hacia sus sueños mezclando sus ilusiones con la realidad sórdida de sus existencias.

Comprobó que el centro se regía por unas extrañas reglas rígidas e inmutables:

13.0   P.M Vistas panorámicas desde las ventanas.
14.0   P.M Siesta obligatoria
15.0   P.M Reparto de las medicinas
16.0   P.M Vistas panorámicas desde las ventanas
17.0   P.M Merienda
18.0   P.M Vistas panorámicas desde las ventanas
19.0   P.M Cena Ligera
20.0   P.M Regreso a los dormitorios. Correas.

Para Palomo, aquello no era una residencia de ancianos, aquello era una cárcel desterrada en el medio de la nada. Y entre toda aquella melancolía de unos viejos que pecaban de no tener unos parientes que quisiesen cuidarlos, sin darse cuenta, regresó al mismo pasillo, donde yacía el último muerto y La Vieja. Destacaba la figura de aquella veterana, quien perdida en el silencio, curiosamente, resplandecía; lejana y misteriosa como una diosa hecha de piedra: La Vieja. Postrado a sus pies otro fiambre, el de Martín Pajares y contemplando ahora al nuevo muerto, con un cuchillo clavado en su corazón, Palomo retornó a su poema donde lo había dejado la última vez:

La muerte nos pilla de sorpresa
Presa de las convulsiones finales.

Con los cuerpos arqueados y los ojos en blanco.
Con las bocas babeantes, las pupilas extraviadas,
Las mandíbulas apretadas,
nuestras facciones degeneradas.

Es nuestro último orgasmo,
Donde alcanzamos el último aturdimiento,
Descansando con el repentino frío
de nuestra materia.

El último trance.
La última embriaguez.
El último espasmo.

14. Y quedaron seis españolitos

Una cosa no quita a la otra y aunque Palomo estaba relativamente satisfecho con su último poema, la verdad era que estaba desquiciado de los nervios. No podía creerse que él –probablemente el mejor comisario de policía de España entera y quizás del extranjero- no resolviese un caso en apariencia tan sencillo. Tarde o temprano, tenía que dar con el asesino o asesinos. El remate final de su perturbación era que el onceavo muerto había sido liquidado delante de sus propias narices.

Había interrogado a casi todo el mundo y en su cuadernillo no hacía más que apuntar X asignadas a cada sospechoso – además de agregar de paso algún que otro poemilla. Aunque sus métodos de investigación eran poco convencionales, lo cierto era que siempre daban buenos resultados. O al menos, hasta el momento, siempre le habían funcionado.

Había descubierto que era improbable que el asesino procediese del Bajo (o los 60 viejos peligrosos –ahora ya 49 porque 11 de ellos habían sido eliminados como en la historia de los 10 negritos de Ágata Christie). Con sus inauditos procedimientos, hizo saltar la alarma del fuego cuando todos estaban por la noche confinados en sus habitaciones y ni uno solo de los 49 criminales pudo salir de su cuarto; con lo que ninguno sabía los códigos de salida de cuatro números. Aquella noche los 49 sádicos viejos tuvieron que ser sedados por las coléricas enfermeras porque sufrieron de un ataque nocturno de los nervios. Además de saltar la alarma, Palomo les berreaba desde el pasillo.

- Fuego, fuego. Que se queman. Salgan de las habitaciones. (Les pregonaba Palomo sin mucho entusiasmo.)
- ¿Cómo? ¡Cojones! (Clamaban los viejos encerrados.)
- Ardo en las llamas del infierno. (Rugía uno a pleno pulmón.)
- Pues, ¡salgan! ¡Despunten de una vez! (Gruñía Palomo sin pestañear.)
- No puedo, que me quemooooo. (Se quejaba otro viejo.)
- Me muero, ¡sálvenme! (Rechiflaba otro.)

Fueron unos minutos angustiosos pero ninguno consiguió escapar de allí, con lo que Palomo infirió que ninguno conocía los códigos de salida.

Palomo también destapó que era imposible que fuese el director del centro, aunque sí descubrió, así a lo 'tonto-tonto', que mantenía relaciones indecentes con la peluquera brasileña. Los pilló in fragante en su despacho.

Don Paco x (Se chinga a la peluquera.)

Descartó a todos los ancianos de la Planta Dos por dementes totales, incapaces de hacerle daño ni a una mosca. El doctor Fernández estaba de vacaciones durante el desarrollo de los dos últimos asesinatos, con lo que tenía coartada.

Planta 2 x (Bobos de remate.)
Dr. Fernández x (Coartada.)

Le quedaban, sin embargo, todos los ancianos de la Planta Primera (120 ancianos divididos en la Zona Verde y la Zona Roja), Paquita, Rosario y el portero del edificio. Así que llamó a Paquita para interrogarla, pero antes de hacerlo, no previno lo que se le venía encima. Palomo era poco previsor.

15. Seis españolitos jugaron con una avispa…

Palomo estaba sentado con su natural porte; tranquilo, rascándose la barba de ya algunos días e hizo su entrada triunfal Paquita con sus caderas ciclópeas, sus mamas morrocotudas y entonces Palomo se fijó realmente bien en ella por primera vez. Era pelirroja natural, con unas pecas graciosas escarlatas difuminadas en su rostro saleroso. El uniforme de enfermera blanquísimo acentuaba sus caderas monumentales, ¿tuvo que pasar de lado a través de la puerta por la asombrosa amplitud de aquella cacerola de caderas o era sólo su imaginación? Apenas media metro y medio de altura pero Palomo sólo deseaba desplomarse en su asiento y contemplarla. Caderas anchísimas, pechos exorbitantes, curvas monumentales: jarrón de mujer. Ponderó entonces que se había enamorado y que quería sorber de aquella leche.

A continuación, Palomo respiró hondo mientras deliraba con posar sus manos en aquella vasija, mientras Paquita, por su parte, lo miraba extrañada.

- Pero, ¿qué le pasa don Palomo? Paece' uste' muy ido esta maña'. (Articulaba ella anonadada.) Tanto asesinato le ha dejado lelo.
- ¡Siéntese! (Le ordenó Palomo deleitándose con su figura súper geométrica.)

Paquita se acomodó como se le había mandado y entonces Palomo se fijó en su delantera (otro puchero oriundo del mismo cielo). Palomo se dio cuenta, en ese preciso instante, que a él le gustaban las mujeres con los atributos femeninos ingentes, imponentes bustos, bestiales caderas y muslos titánicos.

Estuvo casado una vez con una anoréxica que le acabó poniendo los cuernos vilmente con su mejor amigo y le importó un bledo el divorcio porque, aunque a la mujer le sentaba todo bien, realmente nunca había disfrutado de ella en la cama: las mujeres delgadas no le servían. Pero Paquita era diferente. Paquita era una diosa garrafal y tremebunda donde sobre la cual uno podía quedarse dormido experimentando el nirvana. Le encantaba su rostro pecoso, su forma de hablar, de reír. *Todo.*

- Oiga. ¿Se está uste' poniendo enfermo? Porque me mira muy raramente. (Paquita entornó los ojos y él pensó que ella era la amante perfecta.)
- No. Ejem, ejem. Estoy bien. (Replicó él degustándose con la imaginación.) ¿Es usted la asesina? (Y en ese preciso instante deseó poseerla allí mismo sobre la camilla, contra la pared o donde fuese.)
- ¡Uy madre! (Exclamó Paquita asustada.) ¿De verdad me cree uste' sospechosa?
- Pues la verdad es que no. (Afirmó Palomo bajando la cabeza ya que se sentía culpable de todas aquellas elucubraciones sexuales.) Temo manifestarle, muy a mi pesar, que los 49 ancianos del bajo junto con los

> 11 ya fallecidos ya están hundidos. El gobierno invierte mucho en ellos para hacerlos invisibles y, al fin y al cabo, son todos culpables de su criminalidad. La sociedad, en realidad, sólo los ve como un ejército de parásitos. Son culpables e inútiles. Alguien los está quitando del medio y usted no puede ser. Deshacerse de ellos es sólo una cuestión de estética, para el asesino o asesina – de eso estoy seguro.

Palomo nunca había hablado tanto. Él mismo se quedó sorprendido de su oratoria pero se sentía culpable de sus propias reflexiones y conclusiones. Estaba tropezando con verdaderos problemas de ética, moral y justicia –además de sus constantes fantasías sexuales con Paquita.

Era una salvajada haberse cargado a los once viejos, aunque fuesen criminales, y no era por el hecho mortuorio en sí mismo: eran todos personajes asesinos, fanáticos, destripadores, pederastas, depredadores. Todos una familia de bestias pero, quien fuese que los hubiese matado, lo había hecho a traición, con alevosía y además no era aceptable tomarse la justicia por su mano.

Los once asesinatos fueron muertes concienzudamente programadas; todas atrevidas que dejaban a Palomo rascándose la cabeza. Sin embargo, sí había deducido que el asesino o asesina mataba por ESTETICA. Así que apuntó en su cuadernillo:

ESTETICA, ESTETICA = MOTIVO.

- ¿Aceptaría usted que la invitase a cenar? (Culminó Colombo con miedo a que ella le dijese que no y su corazoncito se destrozase en añicos.)
- ¿Yo? (Preguntó Paquita perpleja y quieta pero con sus ojos ardientes.)
- Sí, usted. Soy divorciado. (Le confesó Palomo despacio como en estado de trance.)
- Yo también. Mi marido me pegaba. (Le reveló Paquita y se rascó la cabeza como intentando olvidar las memorias pasadas.)

Los dos permanecieron callados un rato. Fue un momento emotivo y romántico.

- ¡Qué vida ésta! (Suspiró él con parsimonia.)
- ¡No me diga nada! (Suspiró ella también.) Aunque debo confesarle, señor Palomo, que después de todas las hostias que me han dado los hombres en esta vida, yo, seriamente pienso que todos los hombres del mundo son unos cabrones y no les califico de "hijos de puta" porque eso ya sería faltar al respeto a sus pobres madres, que ellas nada de culpa tienen. O sea que se sea, que no me fío de uste' ni un pelo porque uste' es hombre y en consecuencia cabrón, digamos propiamente y especifiquemos, aunque uste' y yo nos vayamos de cena, porque una cosa no tiene na' que ver con la otra. O sea la cena con un hombre cabrón y no sé si me estoy explicando.

Dos contundentes golpes en la puerta avisaron a Palomo que habían aparecido dos muertos más. Unos gritos histéricos producían ecos insoportables en los pasillos del centro geriátrico. Aquello era el cuento de nunca acabar.

16. A uno de los españolitos le picó..

Tras la noticia de los dos últimas víctimas, Colombo llegó a su casa abatido. Le dolía tanto la cabeza que esta vez se tomó dos aspirinas. Los asesinatos se producían uno a uno, delante de sus propias narices, como un ritual. Ya eran trece los muertos; los dos últimos Pedro "El Castrado'" con un cuchillo clavado en su vena aorta y desangrado por completo, y María "su compinche" por un chute de penicilina, cuando era alérgica a este medicamento.

El asesino le presentaba a los muertos en bandeja, como cochinillos asados y previamente cortados, degollados y desangrados.

Él (probablemente el mejor comisario de policía de toda la Península Ibérica y parte del extranjero), no podía rendirse. Decidió tomar cartas sobre el asunto y funcionar a 'la americana' y como en las películas yanquis, colocó fotos o papeles representando a los trece muertos y los pegó en la pared del salón. A cada uno de ellos le añadió notas que explicaban cómo habían fallecido, fecha y lugar. Después, fijó los nombres de todos los sospechosos alrededor o que al menos, en teoría, tuviesen algo que ver con los homicidios. Dibujó líneas, flechas y garabatos. Hasta situó pegatinas de X (significando 'probablemente no') y V (significando 'probablemente sí').

El resultado fue un adefesio de pared. Aquello parecía graffiti urbano pero se quedó satisfecho con el resultado porque le daba un tono muy profesional.

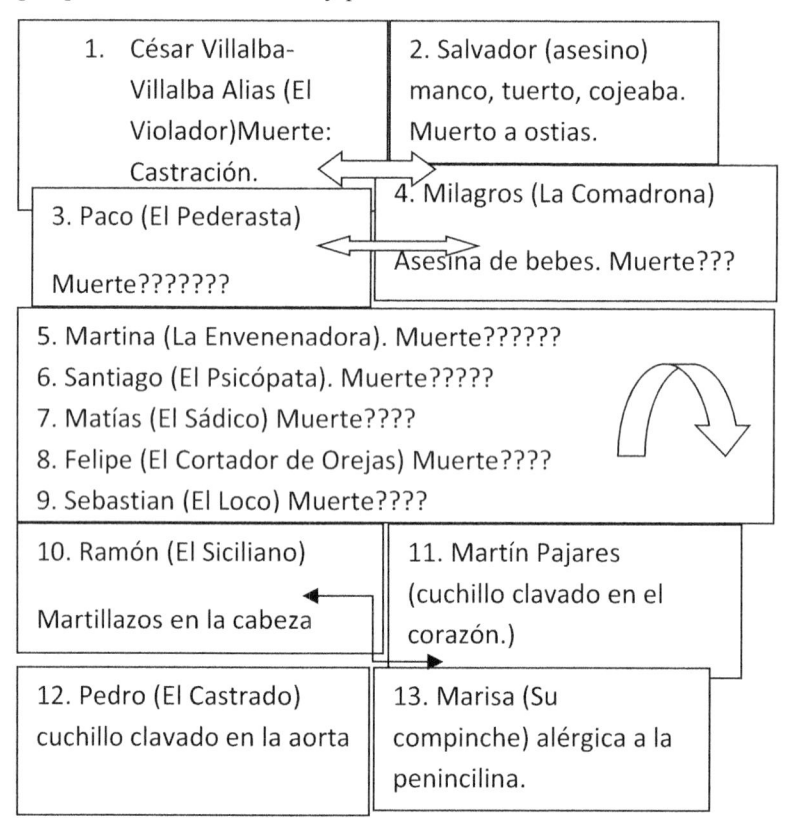

1. César Villalba-Villalba Alias (El Violador) Muerte: Castración.	2. Salvador (asesino) manco, tuerto, cojeaba. Muerto a ostias.
3. Paco (El Pederasta) Muerte???????	4. Milagros (La Comadrona) Asesina de bebes. Muerte???
5. Martina (La Envenenadora). Muerte?????? 6. Santiago (El Psicópata). Muerte????? 7. Matías (El Sádico) Muerte???? 8. Felipe (El Cortador de Orejas) Muerte???? 9. Sebastian (El Loco) Muerte????	
10. Ramón (El Siciliano) Martillazos en la cabeza	11. Martín Pajares (cuchillo clavado en el corazón.)
12. Pedro (El Castrado) cuchillo clavado en la aorta	13. Marisa (Su compinche) alérgica a la penincilina.

El (LEF) Laboratorio Español Forense había finalmente enviado desde Madrid algunas de las pruebas: no había huellas dactilares –lo que se había figurado.

Palomo se echó a llorar como un niño. Le sorprendió esta explosión emocional pero después de veinte años al servicio de la justicia y contra el crimen, era el primer caso que no tenía ni idea de cómo resolver.

Su cuadernillo, por primera vez, estaba inundado de X y ? y ni una sola V. Además de muchos poemillas que le venían tontos a la cabeza de vez en cuando.

Se limpió las lágrimas e intentó recomponerse. Había quedado para cenar con la mujer más hembra del mundo entero, y no era cuestión de que descubriese su lado sensible. Antes abrió su bloc:

La muerte es suave y sencilla.
Se precipita y se desliza.
El final de una vida fingida.

Y es tan solo el amor,
El que acaricia nuestras vidas.

Pecado alejarse del mundo.
Sin jamás haber amado
O haber sido amado.

17. Y quedaron cinco españolitos

Con una sonrisa, entre plácida e infantil, la encontró ya acomodada esperándole. Le pidió disculpas por la tardanza alegando que los crímenes de La Residencia Los Rosales le traían por el camino de la amargura. Ella con su porte de matrona le dijo que le comprendía.

Paquita llevaba una camisa floreada y olía a agua de colonias. (Aquella visión para Palomo fue asombrosa. Para él, aquella criatura campestre representaba toda la belleza del mundo.) No llevaba coleta y su melena rojiza coordinaba con sus pecas y color de pintalabios.

Palomo la apreció más bonita que en las ocasiones anteriores y fue en ese momento justo que comenzó a sentir adoración por ella. Sus movimientos eran pausados, llenos de paciencia y candor, y admiró sus grandes ubres que por pesadas, se veía obligada, de vez en cuando, a apoyar sobre la mesa.

Aquella mujer le había trasformado. Paquita era como una criatura extraña para él (procedente del espacio exterior). Siempre le habían atraído las mujeres elegantes, delgadas y rubias pero con el paso del tiempo sus gustos habían cambiado.

Aquella mujer era todo bondad, oronda y ciclópea. Allí se encontraba soñando despierto con ella, atraído a sus graciosas pecas. Le fascinaba su temperamento campechano, su fresco olor a agua de colonia, tan diferente a los otros olores a los que había estado antes acostumbrado; aromas fuertes de marcas caras, siempre con tonos de almizcle. Paquita olía a silvestre. Paquita era una mujer de tierra.

- Uste' me mira raro. (Dijo Paquita fijando su mirada en Palomo.)

Al principio Palomo se quedó paralizado, discurriendo cómo responder a aquella afirmación.

- Entre usted y yo. (Le confesó al fin). Me siento atraído a usted.

(Paquita fue entonces la que se quedó quieta, sin saber qué contestar.)

- No me lo pueo' creer. (Susurró la enfermera.)

A Paquita le habían tratado mal los hombres y éste en cuestión era muy delicado con ella, y como toda mujer, deseaba ser amada con lisura. Se puso roja como un tomate. No podía creerse que ningún hombre se enamorase de ella.

- No puedo explicarlo bien pero usted me gusta mucho. Es usted tan, tan …(Pero Colombo no encontró la palabra correcta que pudiese colocarse tras 'tan', así que se quedó callado.)

Comieron la ensalada ilustrada guardando el silencio.

- No es sólo el físico. (Expuso Colombo y Paquita soltó una carcajada abierta y natural.)
- Físico no pue' ser. (Dijo ella sin parar de reírse.) Porque una no es que sea una estrella de Hollywood como verá.
- Estoy en desacuerdo con usted. (Le interrumpió Palomo.) Usted es preciosa. (Paquita entonces se ruborizó mientras estaba degustando el revuelto de ajos silvestres.) Yo…Yo soy un hombre normal que sólo quiere una relación normal. Una mujer que me cuide y a la que yo cuidar. Una mujer como usted. (Finalizó Palomo porque ya no estaba dispuesto a hablar más. Había sobrepasado su límite lingüístico diario.)

Paquita se levantó de su asiento, se aproximó a él y le dio un abrazo. Colombo encontró su cabeza abrigada a ambos lados por dos enormes mamas que le protegían del mundo exterior. Aquella ternura que estaba recibiendo de aquella gran mujer era lo único que necesitaba del mundo para ser feliz. Además, se dio cuenta de algo que le conmovió: no le dolía la cabeza y por primera vez en mucho tiempo, no sintió ese frío constante que le provocaba molestosas sacudidas corporales.

"Ay Paquita que yo te quiero tanto, que tanto te quiero."

Pensó Palomo para sus adentros, pero no se atrevió a decírselo, por si resultaba cursi o empalagoso.

18. El cuento de nunca acabar

A la mañana siguiente, al arribar al centro para proseguir con sus indagaciones, le informaron que aproximadamente cinco minutos antes, había surgido el catorceavo fiambre. Había sido estrangulado.

Ipso facto, trotó al lugar de los hechos e inspeccionó el cuerpo. No había rastros de sangre. El asesino, esta vez, no había utilizado ninguna arma, excepto sus propias letales y macabras manos. Echó un vistazo a su alrededor en busca de pruebas pero no había nada: ningún indicio de pelea tampoco. Había sido un asesinato rápido.

Abrió su cuadernillo que extrajo del bolsillo derecho de su gabardina y apuntó con mayúsculas que el matarife tenía que ser HOMBRE, ninguna mujer hubiese sido capaz de estrangular a un hombre de tal estatura y dimensiones.

Palomo fue capaz de ver toda la escena del crimen en su mente. En la noche oscura y triste, el asesino enorme, cruel, perverso se introducía con sigilo en el dormitorio de Mario. Babeaba de manera espesa y abundante, incluso de sus narices también emanaba un líquido viscoso.

A Mario le despertaron unas horrorosas manos de gigante que le agarrotaron. Después el asesino se escapó en secreto del lugar del crimen y Palomo podía ver el hilillo de baba brillante y espesa deslizándose por la barbilla del monstruo.

19. Cinco españolitos estudiaron derecho

Palomo fijó su atención en los viejos de la Primera Planta. Los observó mientras comían en el comedor, en específico los de la zona verde (o los totalmente válidos).

Eran sesenta en total: treinta mujeres y treinta hombres. Descartó a las mujeres y se quedó incrustado en los treinta viejos que, con desgana, introducían unas asquerosas gelatinas color verde dentro de sus bocas. Tras contemplarlos uno a uno y estudiar sus movimientos, se percató de que sólo uno de ellos: Dionisio, podía (por su físico) matar estrangulando, o a golpes. Debía de interrogarlo, así que abrió su cuadernillo y apuntó con mayúsculas:

DIONISIO. POSIBLE SOSPECHOSO.

Se presentó en su habitación durante la hora de la siesta. Caviló que así lo pillaría desprevenido. No estaba allí pero permaneció algún tiempo para examinar aquel cuarto. La habitación era espaciosa pero impersonal. Impecablemente ordenada y desinfectada pero robótica, indefinida, hospitalaria. Paredes blancas, blancas camas, sillas blancas, blancas ventanas. Colombo pensó que no quería hacerse viejo y acabar allí. El sitio era, sin lugar a dudas, triste y deshumano. ¿No había nadie reparado en que aquel lugar necesitaba de algún cuadro, unas flores o unas cortinas?

Colombo deliberó que aquello era más como un hospital, y no un centro de ancianos. El lugar era deprimente, y sólo de pensar que finalizaría allí el final de sus días, le entró un frío incluso más álgido al que estaba acostumbrado. Su cuerpo se estremecía sin control y oscilaba a los lados cuando Dionisio irrumpió en la habitación.

- La única persona con la fuerza necesaria para estrangular a Mario, es usted. (Le acusó Palomo sin miramientos mientras intentaba controlar los escalofríos.)
- Lo que usted diga pero no fui yo. (Afirmó Dionisio con serenidad.)

Los dos hombres se clavaron las miradas y guardaron silencio.

- ¿Su coartada? (Cuestionó Palomo intentando estabilizar su tiritona.)
- La tengo pero no puedo hablar. (Declaró Dionisio con su penetrante mirada.)
- ¿Tiene? (Le rebatió nuestro Colombo congelado.)
- Tengo. (Afirmó Dionisio con su característica fortaleza.)
- Cuénteme. (Tiritó Palomo.) Porque esto no cuela, señor Dionisio.
- Déjeme en paz. (Sopló Dionisio con mirada sardónica.)

Dionisio entonces se cruzó de brazos y comenzó a mirar a la pared, al techo y al suelo con su boca extrañamente torcida, como un niño haciendo pucheros.

- Cuénteme. (Repitió Palomo pero Dionisio se negó a responder.)

Palomo salió de la habitación sin despedirse. Se fijó en el termómetro que indicaba los 45° pero él seguía tiritando.

Se dio una vuelta por La Residencia y se asustó de sus propios pensamientos. Detestaba aquel lugar y razonó que los muertos habían tenido mucha suerte. Al menos sucumbían de golpe, al contrario de los viejos vivos que quedaban, quienes agonizaban lentamente.

Observó impotente como a la mayoría de ellos los maltrataban, amarrándolos con correas. Era cierto que no parecía que recibiesen palizas, ni que sufriesen de hambre o de que careciesen de atención médica, pero privarles de su libertad de movimientos, para él era como cuando se esposaba a los criminales. Aquellos viejos no eran libres.

En sus rostros estaba dibujado el mensaje de su protesta, de su reclamo al derecho de ser libres y pasar el resto de sus vidas sin ataduras, ni simbólicas, ni reales.

Aquella noche Palomo aguardó en el pasillo haciendo guardia. Alrededor de las doce, agudizó la vista en la oscuridad y escondido detrás de la maceta de la palmera que se encontraba al final del pasillo, discernió la figura titánica de Dionisio abriendo la puerta de su dormitorio y deslizándose en la negrura.

Siguió atento a la figura para ver a dónde se dirigía. Tras un sigilo propio más de un animal felino que de un gigante, vio que se adentraba en otra habitación que por su ubicación pertenecía a la de una mujer.

Colombo esperó tan solo cinco minutos e irrumpió sin llamar a la puerta. Delante de él estaban mimándose Dionisio y una mujer, que por sus gafas de marca de Carolina Herrera, la reconoció por Matilde. Tras incontrolables temblores involuntarios, Colombo cayó al suelo perdiendo el conocimiento.

- Entiéndame. (Expuso Dionisio a Colombo alzando sus párpados). Soy viejo. Me quedan sólo cuatro telediarios pero déjeme usted disfrutar de lo que me queda.
- Sólo tenía que decirme que su coartada era pasar las noches con Matilde. (Manifestó Palomo rascándose la cabeza.) ¡Menudo puñetazo me ha dado! No era necesario.
- No podía contárselo. (Gruñó Dionisio entre dientes.)
- Piense usted en la que se montaría aquí, si descubriesen que nos acostamos juntos. (Le advirtió Matilde encogiéndose de hombros.)
- ¿Acostarse? (Curioseó Palomo.)
- Sí señor. O, ¿se cree usted que el sexo es sólo una cuestión de jóvenes? (Profirió Matilde.)
- Ustedes son adultos. (Palomo entonces comenzó a sentir como le brotaba un chichón de su cabeza.) Pueden hacer lo que les venga en gana. (Dilucidó Colombo cuyo dolor de testa se había incrementado tras el porrazo recibido.)

- ¡Qué ingenuo es usted! (Expresó Matilde). No nos dejan. (Le reveló). No nos dejan hacer nada de nada, en realidad.
- Ni comer. Ni joder. Ni fumar. Ni beber. Putas gelatinas. (Soltó Dionisio negando tristemente con su cabeza.)
- Lo siento. (Se limitó a decir Colombo ya que el dolor de cabeza no le dejaba ni pensar ni reaccionar con claridad).
- De lo que aquí pasa, ¡ni una palabra! (Le advirtió Dionisio alzando su puño.)
- ¡No se preocupe! ¡Cómo para meterme con usted!

Palomo se despidió de ellos farfullando; "no sé si jamás revelaré la verdad sobre este asunto pero debo seguir intentándolo."

Balanceó la cabeza a un lado y notó un clic en el cuello. El dolor de cabeza era insufrible. Intentó sacar aspirinas del bolsillo izquierdo de su gabardina pero no le quedaban. "¿Resolveré alguna vez este misterio?"

20. Uno de los españolitos se hizo magistrado

Colombo llamó al contestador automático y ella le abrió la puerta. Subió las escaleras tambaleándose (ciertamente el dolor de cabeza era inaguantable y se había quedado sin aspirinas).

Ella vivía en el primero. Levantó el rostro y la vio en el umbral de la puerta vestida con una bata negra de terciopelo tipo japonesa, como un kimono de estos que se venden en El Corte Inglés o en Galerías Preciados. Ella notó que él no se encontraba bien así que se acercó y le tendió el brazo. De nuevo sus turgentes pechos acurrucaron su rostro de hombre desfallecido y deseoso de cariño.

- Me duele la cabeza. (Se limitó a decir Palomo derrumbado.)

Ella cerró la puerta tras de sí. No necesitaron palabras, se abrazaron de una forma espontánea y natural. Se desvistieron y se metieron en la cama. Ella no llevaba ropa interior por debajo de su kimono barato y él la vio desnuda por primera vez con su delicioso cuerpo.

Colombo se quedó dormido entre sus pechos y de esta manera desapareció su extraña dolencia cerebral.

Pasaron las horas y Palomo permaneció relajado. Con ella, se esfumaron todas las incomodidades, con ella se esfumaron los dolores de cabeza e incluso los nudos en la garganta y en el estómago. Ella producía milagrosamente este efecto curativo en él.

A la mañana siguiente se despertaron juntos y abrazados. Paquita le preparó en la cocina café y galletas María untadas con mantequilla. Palomo no se atrevió a decirle que aborrecía la mantequilla porque la observó engrasando aquellas pastas con tanto cariño que no tuvo el valor de confesárselo.

Con el paso de los años hasta le acabó gustando la mantequilla y no podía salir de casa sin que ella no le preparase el café y las galletas María cubiertas de mantequilla.

Hacer el amor con ella también le resultó exquisito. Gozaba de unos pechos suculentos, una vulva apetitosa, una boca deliciosa. Sus manos y pies eran delicados, su trasero distinguido y por todo eso, el tema de la mantequilla en las galletas lo pasó por alto.

Pero aquella mañana en particular, la noticia del muerto quinceavo en La Residencia Los Rosales enviado por SMS a su móvil, le hizo caer de nuevo de bruces al mundo de la realidad. Regresaron los nudos en la garganta y en el estómago pero el dolor de cabeza había desaparecido por completo gracias a su Paquita.

21. Y quedaron cuatro españolitos. La fallecida número 15 era Laura "La Esquizofrénica". Una autopsia era necesaria para establecer la causa de su muerte.

A Palomo, aquella mañana, le entró un repentino ataque de mal humor y le avisó a don Paco que requería de una efectiva barrida en toda La Residencia.

Junto con otros dos policías, organizaron una seria limpieza a la búsqueda de pruebas. Escudriñaron los lugares más insospechados: los cajones y los armarios de todos los cuartos de los viejos, las cisternas de los váteres, las macetas, la cocina, el comedor, debajo de las camas, el despacho del director y los despachos de los doctores, el cuarto de las enfermeras, los alrededores, los setos, la recepción, el gimnasio, el salón de peluquería, las lámparas, el cuarto de la limpieza, el tejado pero dejaron el sótano porque cuando llegaron allí, se encontraron a Rosario amortajando a un muerto y aquella visión les dio un cierto repelús.

¡NADA! No encontraron nada. Es cierto que atinaron con condones variados (incluso de sabor naranja), lubricantes vaginales y ropa interior sexy pero, por lo demás, nada que contribuyese a la investigación.

Así que Palomo apuntó en su cuadernillo sacado del bolsillo derecho de su gabardina:

¡NADA!

NADA DE NADA.

---

22. La vida es una mierda. Se marchó a su casa y observó la pared del salón con todos los nombres, fechas, signos de interrogación y ¡claro! resultaba imperioso desenterrar a siete difuntos (de los muertos número 3 al 9). Un posterior estudio forense dictaminaría la razón de su exterminio.

"¡Jodido don Paco!" (Pensó para sus adentros.), "¿cómo pretendía ocultar nada más y nada menos que nueve asesinatos sin que nunca le cazasen?" "De no haber sido por Ramón, "el siciliano" hubiese continuado encubriéndolo todo- o al menos intentándolo."

Podía incriminarle con ocultación de pruebas y gaitas de esas pero pensó que era mejor dejarlo todo como estaba. Al fin y al cabo, ya tenía bastante con quince muertos y encontrar al asesino. Palomo echó un nuevo vistazo a la pared y se dio cuenta de que se necesitaba una buena memoria para aprenderse los nombres de todos los asesinados, enfermeras, doctores y todos los viejos de todas las plantas. Pasó a revisar de nuevo la situación. La pared estaba llena de garabatos y flechas y concluyó, al fin, que aquello era una mierda pinchada en un palo; que le podía funcionar a los americanos, pero que a él no le servía para nada.

Abrió su libreta para ver si alguna poesía le venía a la cabeza pero tan solo consiguió escribir:

"Esta vida es una puta mierda."

23. Cuatro españolitos se fueron a nadar

Finalmente llegaron los resultados de las autopsias.

- La difunta nº 15: Laura (La esquizofrénica) ENVENENADA (evidentes restos de veneno.)
- El cadáver nº 3: Paco (El pederasta) Uso del pepinillo del diablo (un purgante que en elevadas dosis produce la muerte.)
- El muerto nº 4: Milagros (La comadrona, asesina de bebes) DESNUCADA.
- El fallecido nº 5: Martina (La envenenadora) GOLPE EN LA TRAQUEA. Tráquea rota en consecuencia, falta de respiración.
- La víctima nº 6: Santiago (El psicópata) GOLPE SECO EN EL CORAZÓN.

- La momia nº 7: Matías (El sádico) GOLPE DIRECTO A LA ARTERIA DE LA PIERNA. El asesino reventó la arteria y Matías se desangró internamente en menos de treinta segundos.
- El extinto nº 8: Felipe (El cortador de orejas). Extrañamente, el asesinó lo mató de la misma manera que a Paco (El pederasta) con el pepinillo del diablo. O sea que se murió cagando.
- El fiambre nº 9: Sebastián (El loco) ACUCHILLADO.

Mientras Palomo estudiaba los informes, podía imaginarse, con claridad y de una forma visual, todos aquellos crímenes del tercero al noveno e incluyendo el último o la número quince. Discurrió (a su pesar) que el homicida también podía ser mujer.

Aquellos homicidios eran perfectos. El matador o matadora ERA TODO UN PROFESIONAL. Sino ¿cómo sabía el asesino que un buen golpe en la tráquea dejaba sin respiración a la persona si se la rompes o la doblas? ¿Cómo sabía que un buen golpe seco al corazón hace que el corazón deje de bombear unos segundos y después bombea a ritmo discontinuo provocando la muerte final? El asesino o asesina ERA UN EXPERTO EN EL ARTE DEL ACABAMIENTO.

En cuanto al motivo de los asesinatos, volvió a apuntar en su cuadernillo que era estética. Lo del móvil estético podía parecer a primera vista una hipótesis irracional, incluso absurda y disparatada pero su sexto sentido se lo señalaba. Por ello, anotó en su cuadernillo: ESTETICA, ESTETICA, ESTETICA.

La razón tenía que ser la estética porque en todo aquello había una agonía, una angustia por destruir a los viejos criminales y producir una especie de estado perfecto y sublime. Palomo tenía ese olfato especial para intuir que aquellos asesinatos tan creativos se dirigían al fin último de la belleza.

24. Uno de los españolitos se ahogó

Estimado lector, quizás a este punto de mi relato, se esté usted mordiendo ya las uñas, y no es para menos, ya que esta historia se las trae con tanto interfecto, pero debo continuar narrándoles mi odisea, donde yo, el Viejo Fermin, pasé uno de los episodios más azarosos de mi vida y, para serles sinceros, el más auténtico. Nada de lo que yo había vivido en el pasado podía compararse con este episodio donde yo fui protagonista junto con La Vieja de una tarea única gubernamental y de espionaje. ¿Quién iba a decirme a mí que yo, con mi edad, del escarabajo pelotero que siempre había sido me convertiría en un tigre de Bengala? Pero no más oratoria, ya que debo proseguir presuroso con mi historia.

El domingo por la mañana, cuando estaban preparando a los viejos para la misa, Paquita, Rosario y la peluquera brasileña se tropezaron con diez muertos más. Una carnicería sin sangre porque el asesino los había aniquilado con las más eficientes técnicas de combate. A los diez les habían golpeado al plexo del bajo vientre provocándoles un reventón en el hígado. Todas las sustancias altamente tóxicas se esparcieron por sus sistemas circulatorios. Los informes señalaban que los diez habían perecido de la misma forma y que la agonía que sufrieron tenía que haber sido muy dolorosa.

Colombo dedujo que al asesino no le quedaba mucho tiempo y que debía exterminar a todos los viejos del Bajo lo antes posible.

$60 - 25 = 35$ (Según los cálculos matemáticos).

Quedaban 35 viejos vivos pero el virtuoso matador iba a por todos ellos. Era evidente que sólo se cargaba a los viejos del Bajo (o los más peligrosos).

Palomo debía de aumentar las medidas de seguridad. Doblaría el número de vigilantes en el pasillo del bajo. Haría todo lo que estuviese en su mano para acabar con aquel tormento y él descubriría al exterminador, ¡claro que lo haría! Para eso era él, probablemente el mejor comisario de policía de toda la península ibérica y parte del extranjero.

Tras tanto muerto, aunque Palomo era medio poeta, ya no le salía ningún poema en la cabeza. Discurrió que los caminos que llevaban sus investigaciones eran, de por sí, ya todo un poema.

25. Y quedaron tres españolitos

Y mientras nuestro desdichado Palomo conjeturaba que todos los crímenes producidos hasta el momento habían sido esmeradamente programados, yo, el viejo Fermín, me sentaba junto a La Vieja en el comedor y le recitaba un poema muy bonito de Omar Khayyam. El problema fue que no me acordaba de las palabras exactas del cuarteto persa en cuestión así que se lo conté a mi manera:

"Beba de la copa, mozuela, que nos quedan de vida cuatro putos días y nos marchitaremos como las flores o sea que cojamos una cogorza antes de palmarla." (Yo le dije y creí verla sonreír.)

- ¿Ha visto Teresita? Todo está saliendo a las mil maravillas. (Entonces descubrí que su sonrisa se agrandaba – o al menos eso me pareció a mí.) Cuando usted termine ese trabajo tan importante que está llevando a cabo, nos marcharemos de aquí para siempre y beberemos muchas copas. (Miré a través de la ventana del comedor deseando que cayera alguna gota de lluvia, que dejara de hacer tanto calor en aquel infierno.) Usted me lo ha prometido. Yo le ayudo en su labor y usted me ayuda a mí a salir de aquí.

Dionisio y Matilde se besaban a escondidas. La Residencia Los Rosales parecía haber vuelto a la normalidad. ¡Una semana sin cadáveres era toda una proeza! Por lo visto el haber duplicado el número de guardias y la seguridad había dado un buen resultado.

Palomo, por su parte, había interrogado a todos aquellos que juzgó oportuno hacerlo y no había sonsacado ni un maldito dato. El portero no podía ser el asesino porque también tenía coartada –como el doctor Fernández. Se había ido de vacaciones a Valladolid a la casa de sus suegros. No había una explicación posible a la secuencia de asesinatos en cadena y sin freno.

- Don Paco, tengo algunas preguntas para hacerle. (Palomo dijo abatido ya que no haber descubierto nada de todas aquellas matanzas le estaba llevando por el camino de la amargura.)
- Pase, pase, don Palomo. (Replicó el director.)

Colombo advirtió gotas de sudor deslizándose por la frente del director y accedió al despacho donde se acomodó en una de las sillas colocadas frente al escritorio; y don Paco se sentó a su lado en la otra silla. Como siempre sobre la mesita, estaban los dulces variados, pastas de chocolate y bollos de nata.

- ¿Cuánto recibe por cada anciano? (Inquirió Colombo con su característica brevedad y directo al grano.)
- 2000 Euros por cada uno. (Contestó don Paco tras una larga pausa.)
- Si las cuentas no me fallan. 2000 x 300 ancianos = 600.000 euros mensuales. ¿No recibe nada más?

Palomo había fingido que calculaba porque la verdad era que ya conocía la respuesta a su pregunta y tan solo estaba jugando con don Paco.

- Aproximadamente, ¿para qué voy a mentirle? (Le corrigió el director que ya sudaba la gota gorda y

que miraba extrañado a Palomo porque intuía que desconfiaba de él.)
- ¿Aproximadamente? (Repuso Palomo estrechando la mirada.)
- Bueno recibimos alguna ayudita del gobierno por los dementes. (Contestó Don Paco torciendo el labio como quitándole importancia al asunto.)
- ¿Cuánto? (Palomo indagó seco y breve.)
- 500 euros de más por cada uno de ellos. (El director respondió y levantándose de su asiento, se dirigió a la mesa del despacho donde comenzó a organizar unos papeles que estaban allí.) Tengo mucho que hacer, si me disculpa.
- Pagan a las enfermeras 1000 euros al mes y tienen tan solo diez enfermeras, un solo doctor, usted el director y el portero. Un negocio lucrativo. ¿No es cierto? (Palomo volvió a estrechar sus ojos y la cara del director palideció.)

Acto seguido, don Paco se ruborizó y Palomo se dio cuenta de que allí había gato encerrado. Se disponía a hacerle más preguntas cuando Paquita desplegó la puerta de par en par sin llamar. Jadeante, sofocada, intentaba aspirar el aire que le faltaba.

En aquellos momentos a Palomo le hubiese gustado abalanzarse sobre ella y sobarle aquellas pagodas jugosas y suaves. No era cuestión de hacerlo allí mismo delante de don Paco así que se controló de mala gana.

A continuación, Paquita explotó en una marabunta de palabras desordenadas e intercaladas por sofocos respiratorios.

- LA (Dijo Paquita soltando tres resuellos fuertes y apresurados) HAN (soltó Paquita acezando dos soplidos) PALMAO' (Paquita respiró un último jadeo antes de pronunciar) DIEZ MAS.

Para entonces los ojos de Palomo y de don Paco estallaron desorbitados y Palomo dejó de fantasear con las tetas de Paquita.

- ¿QUÉ? ¿Circunstancias? (Colombo se sintió hundido, haciendo un esfuerzo supremo, intentó poner en orden sus ideas.)
- TODOS ENVENENAOS. (Vociferó Paquita.)

En aquel preciso instante, Palomo luchó por no reírse a carcajadas. No obstante, tras encogerse de hombros, se limpió incesantemente las lágrimas de los ojos con un pañuelo. Su desesperación era total. Las cosas iban de mal en peor.

26. Tres españolitos se fueron a pasear

Posteriores investigaciones demostraron que el veneno era ácido cianhídrico, comúnmente denominado ácido prúsico (uno de los venenos más letales conocidos.) Con pocos mililitros se puede matar a una sola persona y con un litro, se podría exterminar a un Logroño entero.

- ¿No es difícil de encontrar? (Preguntó Palomo resoplando a su amigo el forense.)
- En una cocina normal se pueden preparar cantidades ilimitadas. (Afirmó el forense.)
- ¿Cómo? (Inquirió Palomo poniendo los ojos en blanco.)
- Productos de limpieza normales lo llevan y se puede extraer fácilmente. (Repuso el forense encogiéndose de hombros.)
- ¿Más? (Dijo Palomo impresionado.)
- Todos los cadáveres presentaban una coloración rosada de la piel y las mucosas. La rigidez era precoz e intensa. Es de destacar el intenso olor a almendras amargas. La sangre era muy fluida y sin coágulos. No

sufrieron mucho porque las dosis eran elevadas, con lo que el cuadro inmediato fue de dos o tres minutos: parálisis respiratoria, rigidez muscular, convulsiones y finalmente la muerte. (Expuso el forense con voz aburrida.)

Tras un fuerte apretón de manos, se despidió del médico forense y saliendo de los laboratorios, anduvo por la calle hasta que se encontró con un banco donde se sentó, entonces Colombo anotó en su libreta sacada del bolsillo izquierdo.

35 viejos – 10 viejos = 25 viejos

¡UN MOMENTO! ¡Rebobinemos! (Se dijo Palomo a sí mismo) ¡MARCHA ATRÁS! ¡MARCHA ATRÁS! ¿De dónde había extraído su librillo? ¿Del bolsillo izquierdo? ERROR. Siempre colocaba su librillo en el bolsillo derecho de su gabardina. Le entró un súbito escalofrío en el cuerpo. Hojeó el cuadernillo con muchísimo cuidado y cientos, miles de corrientes eléctricas recorrieron su reventado estómago cuando se tropezó con una página que no estaba escrita por él.

Mi apreciado Comisario Palomo:

Le pido disculpas por haber traspasado su fascinante cuaderno del bolsillo derecho al bolsillo izquierdo de su gabardina pero debía hacerlo para captar su atención – que como usted mismo comprobará, he conseguido obtener – y sino, pues no estaría usted en estos momentos leyendo mi nota.

Le he percibido últimamente tembloroso, incluso su voz suena más aguda y mal articulada. Es comprensible su actual desmoronamiento personal ya que debemos de admitir que sus investigaciones llevan muy mal camino.

No obstante, quizás yo pueda esclarecer sus dudas proveyéndole con simples pruebas, y en consecuencia usted obtenga las posteriores simples deducciones.

Su asesino es en realidad 'asesina' y le serviré con algunas pistas más: su asesina sonríe con los labios cerrados, tiene una mirada escrutadora y unas cejas muy pobladas. Con estas características, le resultará a usted más fácil restar a posibles sospechosos y seguir restando.

De todos modos, aunque haya o no disipado algunas de sus dudas, debo advertirle que quedan 25 viejos vivos en la planta baja pero que todos ellos perecerán, uno a uno y sin excepción, porque así debe de ser.

ASI DEBE DE SER.

Me he tomado la libertad de colocarle más aspirinas en el bolsillo izquierdo de su gabardina para sus constantes dolores de cabeza. Espero no se tome a mal mi intromisión a su intimidad.

Aprovecho esta oportunidad para enviarle un cordial saludo.

Atentamente.

Un amigo

Palomo se quedó de piedra. Sin levantarse del banco porque estaba totalmente paralizado, sospechó que 'el supuesto amigo' era posiblemente el asesino y que la función de su nota era ponerle nervioso, inducirle a errores. En una palabra, despistarle. ¿Cómo podía averiguar la identidad del autor de la nota? En aquel preciso instante, pensó que deseaba la jubilación y tras todas estas deducciones; quieto, suspendido en sus reflexiones e inmovilizado por sus propios escalofríos, se fue corriendo a ver a Paquita para que le quitase el dolor de cabeza y las nauseas y el dolor de barriga y el malestar general.

Ella le abrió la puerta y él la contempló con tristeza.

- Tengo frío. (Murmuró Palomo mientras ella cerraba la puerta y acto seguido comenzó a seguirla por el pasillo.)

Se quedó absorto admirando su impresionante trasero redondo. Había algo hipnótico en aquel pandero monumental y en aquellas curvas de mujerona.

Llegaron al dormitorio. Palomo la miró de arriba abajo temblando de frío. Ella estaba impresionante con su bata barata. Se había recogido el cabello en un moñito gracioso y descuidado. La desvistió en un santiamén y él también se quitó la ropa en un soplo. Cuando ambos desnudos se abrazaron, a él se le desaparecieron todos los escalofríos.

Palpó sus caderas voluminosas de mujer y por encima de su caderamen, su cintura estrecha de mujer y por encima de su cinturamen, su pecho abundante. Acabó desmoronándose entre sus pechos y disipándosele todos sus malestares.

Se le ocurrió una poesía en aquel momento:

Paquita, tengo hambre de ti.
Y sin ti no puedo vivir.

Me fluye una corriente frenética.

Tu nombre me sabe a caricia.
Tú me produces minúsculos relámpagos.

Me gusta bajarte las ligas y las medias
Y jamás me opones resistencia.

Pero pensándolo mejor, Palomo no le podía decir aquellos versos a Paquita porque eso era una boñiga de poema y la verdad era que él era un pésimo poeta, aunque le gustasen tanto los versos y las rimas y todas aquellas gaitas; él sólo servía de policía.

27. Se pasearon por el zoológico

Como prueba de su perspicacia, Colombo deambuló por La Residencia Los Rosales de madrugada cuando todos los viejos estaban supuestamente dormidos y el personal médico también.

Saludó a sus mejores hombres que estaban de guardia en el pasillo del Bajo donde quedaban los 25 viejos vivos – aparentemente por poco tiempo.

- ¿Novedades? (Dijo Palomo breve, conciso.)
- Ninguna señor. (Respondieron los guardias con las bocas llenas porque estaban comiendo una pizza familiar con extra de chorizo.)

Siguió recorriendo los pasillos y sin pensárselo dos veces, se introdujo en el despacho de don Paco. Se apoltronó en su sillón. (Se tomó una aspirina porque cuando no estaba con Paquita regresaban los dolores de cabeza) y se dedicó a estudiar con atención todos los documentos "secretos" del director.

Hasta la aparición del primer interfecto, La Residencia estaba rodeada de un halo de impenetrable honorabilidad – POR FUERA- porque lo que era –POR DENTRO- Colombo tenía sus dudas.

El centro recibía un promedio de 700.000 euros mensuales. Al personal no le daban ni 30.000 euros mensuales pero don Paco se llevaba íntegros casi los cuatrocientos mil euros mensuales.

Colombo tomó nota mental de todo aquello y siguió examinando documentos: cartas de la Diputación que le solicitaban habitaciones para más viejos. Sabían que no había espacio pero necesitaban más lugares (fuera como fuese). Cuestión de votos y cuestión de remunerarle si resultaría inevitable.

Vaciló unos instantes y pensó para sus adentros: "¡Cuánto más investigo, más creo que la razón de todas estas muertes es PURAMENTE ESTETICA!"

Palomo no pudo evitarlo y acabó pronunciándolo en alto: "ESTETICA."

Tras leer todos los documentos, cartas, fichas, facturas etc, Colombo empezó seriamente a desconfiar de don Paco. Salió del despacho ingiriendo otra aspirina (le faltaba Paquita) y retornó al pasillo del Bajo.

- ¿Novedades? (Inquirió Palomo a sus hombres.)
- Nada, señor. (Dijeron ellos exhalando un olor pesado a pizza que no le hizo salivar a Palomo porque no le gustaba la comida extranjera y prefería unas lentejas incluso viudas, a cualquier otro alimento foráneo.)

Ascendió al piso primero y oyó ruidos – procedían de cuarto de la limpieza. Se quedó quieto y extrajo su pistola reglamentaria. Cuando emergió una figura nerviosa, Palomo le apuntó con la culata en la sien.

- Fermín, ¡qué sorpresa! (Me masculló Palomo en mi inquieta y trémula oreja y yo le saqué la lengua).

Me agarró del cuello de mi impecable traje sin miramientos hasta el cuarto que le habían asignado para las interrogaciones. Al abrir la puerta, un tufo a lejía castigó nuestros olfatos.

- Me va a contar todo lo que sabe. (Cuchicheó de nuevo a mi oído y yo le volví a sacar la lengua como un niño maleducado.)

Por mi parte, aunque pretendía que nada de aquello me importara, no podía controlar mis oscilaciones corporales.

Jamás en mi vida se había columpiado tanto mi cuerpo. Tenía mucho miedo. Jamás en mi vida, me había pillado a mí la policía.

- Voy a apretar este gatillo porque estoy hasta los cojones. ¿Entiende Fermín? (Me dijo Palomo con brusquedad y levantó las cejas como un Neardental.)

Yo asentí, naturalmente, con la cabeza. No estaba la situación como para llevarle la contraria con aquella pistola apuntando a mi testa.

- Lo confesaré todo. (Ratifiqué y Palomo abrió su bloc disponiéndose a tomar notas.)
- ¿Qué hacía en el cuarto de la limpieza? (Inquirió guardándose su pistola de reglamento y comenzando a anotar garabatos en su cuadernillo.)
- Dejar los productos de limpieza en su sitio. (Afirmé retocándome el traje que Colombo me había arrugado y él volvió a levantar sus cejas impaciente.)
- ¿Más? (Se limitó a preguntarme.)
- Fíjese, ¡un viejo como yo, de 78 años y haciendo estas cosas! Estoy sólo cumpliendo órdenes. (Le contesté colocándome bien mi sombrero.)
- ¿Órdenes? (Me preguntó Colombo torciendo el labio.)
- Sí señor, órdenes de los de allá arriba procedentes del mismo Gobierno de España. (Afirmé yo totalmente acojonado y apuntando con mis dedos hacia arriba, como si el gobierno de España se encontrase en el techo de la habitación.)
- Pero, ¿qué me dice? (Solicitó Colombo con extrema paciencia.)
- Trabajo para Teresita, ya sabe usted, La Loza, La Efigie, La Condesa. (Le confesé con sinceridad en mis ojos.) En realidad, no se llama Teresita. No sé su nombre propio verdadero pero todos en este oficio del espionaje la apodan LA MORENA. (Exclamé yo solemnemente y vi que mis palabras estaban poniendo muy nervioso al señor Palomo.)
- ¿La Morena? (Inquirió Palomo tomándose otra aspirina del bolsillo izquierdo).
- Sí, La Morena o Teresita –como usted mejor la conoce- es un agente secreto para el CNI. (Tartamudeé y Palomo abrió sus ojos como platos.)

- ¿No me diga? (Inquirió Palomo y parpadeó un par de veces.)
- Le digo. (Respondí yo sintiendo que mi sangre comenzaba a hervir.) Ella es realmente una asesina profesional que, la pobre, sólo obedece órdenes de los de allí arriba también y yo me he convertido en su ayudante.
- Ya. (Resopló Palomo una vez.)
- Ella se graduó como el número uno de su promoción y era la más joven y la única mujer. (Le expliqué con absoluta normalidad.)
- Ya. (Resopló ahora Palomo dos veces.)
- Se puede imaginar la bomba de relojería con la que estamos tratando. Es una jabata: francotiradora exacta, sabe hacer bombas y lanzarlas también. (Yo continué explicándole a Palomo quien me miraba desafiante.) Vamos que está hecha una 'tarzana de los mares."
- Increíble. (Murmuró él.)
- Pero, ¡eso no es todo! (Yo agregué con el cejo fruncido tras percatarme que Palomo no podía evitar que la comisura de sus labios se curvara en una sonrisa nerviosa que estaba reprimiendo.)
- Ah, pero, ¿hay más? (Dijo Palomo entre jadeos nerviosos.)
- No se puede usted ni imaginar. Experta en debilitar a todo rival y sus asesinatos son siempre limpios y sin huellas. (Yo intenté explicarle pero Palomo me interrumpió.)
- Ya. ¡Cuénteme, cuénteme! ¿Le parece que nos sentemos? Esto va para largo. (Me dijo él mientras continuaba garabateando en su bloc.)

28. Un oso les atacó…

A continuación, alcé mi ceja izquierda, tragué saliva (para darle más suspense a la cosa) y comencé a relatarle mi historia al señor Palomo.

- Me acerqué a su habitación una cierta tarde. La echaba de menos, no la había visto en todo el día. ¿Entiende usted lo que es no ver a una mujer a la que ama en todo un largo día? (El comisario asintió sencillamente con la cabeza y abrió los ojos con curiosidad.) ¿Qué cree usted que me encontré? (Palomo entonces desplegó sus ojos hasta parecer que se saliesen de sus orbitas.) Teresita, La Loza, La Efigie o La Condesa estaba casi en cueros. Y la mujer tenía un culo que parecía una mandolina en el sentido de querer tocarlo, claro está. (Para entonces Palomo sufría del hambre de la curiosidad y apoyando su rostro sobre sus dos manos me escuchaba sin perder detalle.) Su aspecto era bastante bueno, la verdad. Y, ¿qué cree usted que estaba haciendo la supuesta Vieja? Lo cierto es que yo no me esperaba aquella visión y cuando la vi en pelotas comencé a padecer de un tic nervioso y me temblaba un párpado por la excitación. Hacía ejercicio como un profesional. ¡Sí! Aunque usted no me crea, ni yo mismo me lo creía. La contemplé un buen rato con este tic nervioso que le dije que me entró: el vientre plano de tantas abdominales, los músculos de la espalda rígidos y tensos a cada abdominal y a cada giro de su torso. Y mientras hacía todas estas cosas, (más propias de contorsionistas y atletas de élite), allí enseñándome el culo y sus piernas esbeltas, aunque llevaba una tanga y bueno dejando las descripciones sin importancia, aquello que yo vi –con tanga o sin tanga - era el cuerpo de una joven. Casi podía oler aquella piel tersa, lisa, sin arrugas; se puede imaginar, ¡casi me da un infarto! Sus cabellos alborotados, su olor a sudor, sus piernas gozosas de muslos rellenos, señor, carne de picadillo. Tuve que contar hasta diez para recobrar el aliento. Y, ¿qué hizo ella cuando descubrió que yo la había desenmascarado?
- No sé. Dígamelo usted. (Comentó Palomo nervioso y frotándose las manos.)

- Se dio la vuelta y con el dedo índice me indicó que guardara silencio. Shshshshsh. Yo inmediatamente me sentí muy animado en la "parte de abajo" y un escalofrío recorrió todo mi cuerpo porque estaba tan buena por detrás como por delante pero sé que esto que le cuento es divagar y debo de regresar a lo que de verdad nos importa aquí. Shshshshshshshshshsh. No diga nada a nadie. (Me ordenó La Vieja.) Y le juro Don Palomo que todo lo que le cuento es cierto. (Yo suspiré en voz alta y Palomo me miraba perplejo.)
- Pero, ¿qué hace? (Le pregunté yo atónito a La Vieja y ella me sonrió con su boquita linda.)
- Haciendo ejercicio. Shshshshshshshshshsh. (Me repitió ella, ay con esos labios carnosos y apetecibles.) Entonces, ella se colocó por encima de ese cuerpo monumental de vientre plano y esos otros atributos, ya anteriormente mencionados, un vestido floreado –tipo bata- y se sentó en su silla de ruedas. Me confesó que era una agente especial del gobierno, que trabaja para el CNI y todo lo demás.
- Bueno, bueno. (Comentó Palomo con cierto retintín seguido de un bostezo.) Estando así las cosas, ¿podría explicarme como tal jabata ha cometido los asesinatos sino se puede mover? (Cuestionó intentando esbozar su mejor sonrisa.)
- Pero si ya le había dicho que mover, se mueve. Finge no poder moverse. (Le aclaré de nuevo.)
- Bueno, bueno. (Dijo Palomo ladeando la cabeza.) Al menos, detálleme cómo se cargó por ejemplo al primero César Villalba-Villalba. ¿Cómo pudo tal Atlas femenino atravesar los pasillos del Bajo con sus códigos y cómo sabía también los códigos de salida de la habitación de "El Violador"?
- Pero es que ella no fue al pasillo del Bajo, ni a su habitación. (Puntualicé.)
- Oiga. Estoy perdiendo la paciencia. (Manifestó Palomo engullendo otra aspirina.)
- Sencillamente ella escribió en un papel los códigos de salida de la habitación y de los pasillos. Le dejó el

papel a César (sin saber él que había sido ella quien había redactado aquella nota) y él mismo se escapó con la intención de violarla. Un hecho innoble, todos lo sabemos, pero César no se esperaba que Teresita se defendiese cómo lo hizo. ¡Claro con sus genuflexiones está hecha toda una Tarzán de los mares!

- ¿Cómo sabía ella los códigos y cómo le amputó los testículos sin dejar pistas o huellas? (Inquirió Palomo perdiendo los estribos.)
- Ya le he dicho que es una asesina profesional. (Repuse yo alzando el tono de mi voz.)
- Otra pregunta. ¿Le atan a usted con correas por las noches? (Dijo Palomo rascándose la barbilla.)
- Sí señor. (Le confirmé.)
- ¿Entonces? (Los ojos de Palomo estaban brillantes esperando aquella respuesta.)
- Teresita me desata todas las noches que requiere de mis servicios y luego yo cumplo con sus órdenes. (Le confirmé y abrí mis brazos.)

Palomo empezó entonces a rascarse la cabeza.

- Muy bien, muy bien. ¡Explíqueme cómo asesinó al segundo, a Salvador! (Sopló Palomo ya más tranquilo.)
- ¿Tiene tiempo? (Cuchicheé.)
- Toda la noche. (Me aseguró y bostezó.)

29. Y quedaron dos españolitos

Así que yo, el viejo Fermin, continué con mi relato ipso facto:

Teresita se sumergió en la oscuridad de la noche y se adentró en la habitación de Salvador. Salvador al verla, habiendo sido el asesino que fue, se abalanzó sobre ella con la intención de soltarla un puñetazo pero ella, sin pensar, siguió la inspiración del momento y bloqueó su golpe con facilidad.

Pretendió encajarle otro golpe pero ella también detuvo su segundo intento. Ella misma estaba extrañada. Le desconcertaban sus propias acciones. Él pasó a aferrarla contra la pared para proporcionarle una gran paliza pero ella estaba muy tranquila. Comenzó a calcular bien sus movimientos. Sabía con claridad cómo actuar. Al fin y al cabo, siempre había sido una asesina –lo lleva en su sangre y para eso es para lo que le ha entrenado el gobierno español toda la vida. Es una jabata. ¿Para qué vamos a negarlo?

Después ya sabe usted: ataques, golpes directos rectos y potentes. Le dobló el brazo provocándoles una luxación. Fue en apariencia (según ella me relató) una dislocación de la cabeza del radio. Su brazo luxado perdió su relieve y situación normales desplazándose hacia el otro lado. A continuación, le asentó una patada en la cabeza produciéndole una luxación mandibular. La parte inferior de su mandíbula se salió de su posición normal y empezó a sangrar por la boca.

Teresita repasó su cálculo mental. Abrió los ojos como una loca y sin la menor consideración lo golpeó en la cabeza. En definitiva, lo mató a golpes y una vez muerto, lo tiró por la ventana.

- ¿Cómo mató a Sebastián 'el loco'? (Palomo estaba anonadado.)
- Acuchillado. (Le esclarecí.)
- Ya lo sé, (gritó Palomo), pero ¿dónde consiguió el cuchillo? (Palomo estaba estupefacto.)
- ¡Ah! Muy sencillo. Simplemente lo tomó prestado de la cocina de la Residencia. Después lo lavó bien y lo volvió a dejar en su sitio. De hecho, con el mismo cuchillo también ejecutó a Martín Pajares. (Le descifré.)

- Parece usted muy enterado de todos los detalles. (Dedujo el comisario.)
- Soy, en efecto, viejo pero no tonto y yo no soy el asesino. (Concluí.)
- ¿Tiene algo más que añadir? (Preguntó seco Palomo.)
- ¿Sabe usted las flores que recibe Teresita todas las semanas? (Intenté explicarle.)
- ¿Qué flores? (Palomo estaba turulato.)
- Un ramo de rosas rojas. (Le derivé.) Se las mandan desde Madrid, desde el mismo centro del CNI.
- ¡Ya! Queda usted detenido. Tiene el derecho a guardar silencio. (Comenzó a decirme Palomo.)
- ¡A buenas horas mangas verdes! (Soplé.)
- Si decide hablar con algún oficial del policía, todo lo que diga puede y será usado en su contra. (Continuaba Palomo explicando metódicamente.)
- ¿Y me viene ahora con éstas? (Resoplé.)
- Espere que se me ha olvidado lo que queda. (Dijo Palomo rascándose el cogote.) ¡Ah sí! Tiene el derecho a consultar a un abogado antes de ser interrogado y puede tener a un abogado mientras se le interroga.
- Será hijo de puta. (Denuncié.)
- Y sino puede costearse un abogado, se le proveerá uno si así lo desea, antes de ser interrogado. (Concluyó Palomo.)
- Se le olvidaba decir que si decido contestar al interrogatorio, tengo derecho a dejar de contestar en cualquier momento y que podré parar de contestar el interrogatorio en cualquier momento para consultar a un abogado y podré tenerlo conmigo durante el interrogatorio presente o futuro.
- ¿Cómo sabe usted todo eso? (Se interesó Palomo.)
- Ya sabe. Las películas americanas. (Le aclaré arqueando mis hombros.)
- Ah. (Dijo Palomo guardando su bloc y sacando unas esposas.)

30. Dos españolitos se sentaron. Palomo conducía el coche camino de la comisaría un tanto malencarado. No había sido necesario ponerme las esposas ya que yo, naturalmente con mi edad, no había ofrecido ninguna resistencia.

- Usted no sabe lo que es acabar sus últimos días en una residencia de ancianos. (Le dije con aire triste y melancólico, y Palomo hizo un gesto negativo.) Sólo quieren quitarte de en medio. (Me quedé hipnotizado mirando al vacío y yo vi que Palomo sintió una punzada de remordimiento- de eso estoy seguro.) Lo peor es que te matan poco a poco. Llegar a viejo es un hito en la pequeña historia de un ser humano, a unos les ocurre un poco antes y a otros quizás un poco después. Antes de la vejez, vas por la vida como conduciendo un coche por la autopista a toda velocidad. Después cuando te haces viejo, conduces más despacio por la carretera nacional y además contemplas el paisaje de alrededor que antes se te pasaba por alto. Alcanzas la vejez y rememoras tu pasado en tu cabeza y eso es lo que haces todos los días. ¡Es extraño pero no te cansas de rebobinar el casete de tus ideas una y otra vez! Inspeccionas todos los acontecimientos de tu pasado desde todos los puntos de vista posibles y te preguntas cosas que antes ni se te hubiesen pasado por la mente. ¿Por qué hice esto o lo otro, por qué dije esto o no lo dije? ¿Por qué he perdido mi tiempo miserablemente y por qué no hay manera de recuperar ese tiempo perdido? Después de la angustia existencial y de los interrogantes continuos te conviertes en una especie de autista- encerrado en tu burbuja personal hecha a tu medida. La rutina de La Residencia no ayuda y continúas vegetando. No sabes a quién echarle la culpa o a qué hasta que finalmente admites que la culpa es sólo tuya. Tras la aceptación, ocurre algo insólito: llegas a la conclusión de que estás desprovisto de identidad y si algo eres o has sido en la vida en sólo un imbécil.

No obstante, tienes todavía opciones: o sigues siendo un imbécil hasta la muerte o espabilas.

Tuve la impresión de que Palomo me comprendía.

31. Se sentaron a tomar el sol. Al principio me encontraba muy solo aunque estaba cercado de maleantes, tunantes, algunos vagos y otros unos sinvergüenzas. Al mismo tiempo, ¡qué extraño! Debía fingir un miedo que no sentía, estando allí rodeado de tanto rufián. Muy al contrario, estaba lleno de esperanza y goce; me habían detenido en nombre de la Patria. Como ya me había convertido en un espía, propiamente dicho, entrenado por La Vieja, ya poseía ciertas habilidades y había inspeccionado el terreno y cada uno de los allí presentes. Había asomado la jeta antes de entrar en la celda, por si había moros en la costa, pero de nada me sirvió ya que un empujonzote me llevó directo a las fauces de aquel recinto (o celda) y acabé rodeado de fornidos maleantes que no pudieron más que darme muy mala espina.

Me sentía también muy viejo con mi sombrero y mi traje, al lado de aquellos jóvenes con pendientes en las orejas y en las narices, con sus lenguas perforadas y pelos tipo trapo. Además me miraban de forma desdeñosa y emitían gruñidos más propios de las bestias que de los humanos.

El lugar olía a humanidad; es decir, a orina, sudor y pies pero lo prefería al olor a lejía de La Residencia Los Rosales. Al menos allí estaban los vivos y no los terminales.

- ¿Qué hace aquí, abuelo? (Me cuestionó uno de ellos que según previas observaciones debía de ser un hippy. Aunque quizás era un punky o un rocker).
- Soy un criminal. (Le confesé al tipo con esa necesidad extraña de sincerarse con los amigos ocasionales).
- Joder, ¡qué fuerte! Pues no tiene pinta, abuelo. (Me dijo el jovenzuelo con aire paternalista.)

- Soy culpable de 35 asesinatos. (Declaré en alto).
- Y, ¿cómo los ha matado, abuelete? (Intentó sonsacarme metiéndose el dedo en la nariz.)
- Desde veneno, hasta martillazos en la cabeza. (Puntualicé.)
- ¡Qué fuerte! (Replicó el zagalillo con grandes aspavientos.) Y ¿dónde ha sido eso abuelillo?
- En una residencia de ancianos. (Añadí con un suspiro).

La multitud de bribones entonces me envolvió para escucharme y me encontré como el epicentro de una grandilocuente predicación.

- Joder abuelo, ¿quién lo diría? ¡Cuéntenos más! (Me dijeron al unísono.)

Para mí, aquel pelotón de personas hablaba una lengua extraña repleta de 'guays' y 'joderes' pero disfrutaba del protagonismo luminoso de mi existencia –lejos de La Residencia. Me di cuenta cuando les presenté mi discurso de que los viejos necesitamos de los jóvenes para sentirnos más vivos y que los jóvenes necesitan de los viejos para sentirse más muertos. Era una necesidad recíproca. También razoné que tanto los viejos como los jóvenes contamos mentiras – unas mentiras desordenadas con una función única: el orden de la existencia.

Aquellos ojos grandes y jóvenes de córnea blanca y luminosa (sin arrugas) me escuchaban con atención y me creían.

- Me llamo Fermín (musité con voz que me salió al principio de pito) y junto con una señora de nombre Teresa y una pareja de tortolitos de nombres Dionisio y Matilde estamos liquidando a todos los viejos de la planta baja de La Residencia Los Rosales de Logroño.

Había comenzado a narrarles mi odisea con voz atropellada y sintiendo que el rubor me teñía las mejillas pero poco a poco fui ganando confianza e hinché bien mi pecho.

- No estamos chiflados, ni desequilibrados; no somos psicópatas, ni estamos delirando. (Les confesé ya más chulillo.) Debemos continuar con estos atentados porque tenemos varias funciones. La de Teresita es cumplir órdenes y la de Dionisio, Matilde y yo, aquí presente y el servidor de todos ustedes, la de escaparnos del mismo averno, las calderas de Pedro Botero. ¿Entienden ustedes mozos tiernos y frescos lo que es acabar los días últimos de su vida, ya viejos y cansados en un lugar donde no se puede ni fumar, ni beber, ni incluso…..
- ¿Follar? (Inquirieron con sus ojos agrietados de curiosidad.)
- Ni eso. (Les dije con pena.) Imagínense ustedes por las tribulaciones que estoy pasando.
- Joder, es entendible lo que hacen porque si ni les dejan follar. (Corroboraron.)
- Y nos dan gelatina de postre todos los días para que no nos deshidratemos. (Añadí.)
- ¡Qué asco, tú! (Exclamaron con arcadas.)
- Una vergüenza. La sociedad nos encarcela en estos centros denominados Residencias y nos tratan peor que a ustedes – que son las alimañas de esta sociedad. Les digo, es preferible acabar en la cárcel que en una Residencia para la Tercera Edad. (Les dije yo y ellos asintieron con la cabeza.)
- ¿En serio que en esos sitios no se folla? (Prorrumpió uno pasmado.)
- Mire usted joven, (bramé yo quitándome el sombrero para darle más suspense a mis explicaciones.) ¿Cree usted que por ser viejo, uno no tiene sus deseos? (El mancebo negó varias veces con su cabeza.) Es cierto que cuando uno es mozo, confunde el amor con el deseo carnal pero cuando uno ya es viejo sabe como diferenciar estos dos sentimientos tan diferentes. La vida para nosotros nos pesa porque somos viejos pero los viejos también nos enamoramos.

- Claro que sí y también tienen derecho a follar. (Manifestó el zagalillo ahora asintiendo con la cabeza.) Eso quiero hacer yo todo el tiempo hasta cuando sea mayor.
- Me siento cansado, muy cansado. (Les confesé tristemente. Me puse el sombrero y bajé mi testa ante todos.)

Me eché a dormir en una esquina de la celda y los maleantes amablemente me taparon con sus abrigos y cazadoras. Celaron de mi sueño. Se dieron cuenta de que quizás un día ellos también llegasen a viejos y que les gustaría que alguien les cuidase, o les mimase como ellos estaban haciéndolo conmigo.

Tras un par de bostezos, caí dormido medio escuchando las palabras de aquellos maleantes:

"Joder tío, a los vejetes ni follar les dejan en esos sitios, pobrecitos."

32. Me desperté a la mañana siguiente muy temprano (como era de esperar, ya que estaba habituado a las órdenes inmutables de los horarios de Los Rosales) pero aquella fue la noche más libre que había pasado en muchos años, porque aunque había dormido en el suelo de una celda rodeado de truhanes, lo había hecho sin cadenas. Me permitieron ir al baño donde me refresqué la cara y las manos, y fueron además muy amables al proveerme con un café con leche, un zumo de naranja y cuatro porras rellenas de crema pastelera, que mojé con gusto en el cafecito. La verdad es que me trataron mejor en la cárcel que lo que nunca habían hecho en la Residencia Los Rosales.

Tras el opíparo desayuno, el poli que me custodiaba me informó que Palomo deseaba verme de nuevo en la sala de interrogatorios.

- Mire usted, Fermín, esta vez tiene que contármelo todo y decirme la verdad. (Anunció con los ojos entrecerrados y la voz lastimera.)

- Ya lo he hecho. (Contesté yo con lágrimas en los ojos.)
- ¡Está bien! (Exclamó Palomo con súbita energía.) Cuénteme entonces algo más. ¿Cómo les 'contrató' La Loza para que ustedes tres cooperasen con ella? ¿Por qué precisamente ustedes tres y no cualquier otro de La Residencia? (Me interrogaba Palomo con cierta sequedad.)

Y entonces, le confesé cómo ocurrió este pacto inicial entre los cuatro.

- Fue sencillo. (Comencé por decirle.) Fue hace tres meses aproximadamente, en un día de esos calurosos que la pillé haciendo abdominales en su habitación; que por cierto, estaba más buena que mojar salsa con pan.
- Joder Fermín. ¡Eso ya me lo contó ayer! (Gruñó Palomo con impaciencia.)
- ¡Ah sí! (Repuse yo.) Bueno, pues después del shshshshshshshsh, me explicó que necesitaba ayuda porque ella sola no podía cargarse a los sesenta criminales como le habían ordenado. Después de inspeccionarnos cuidadosamente, nos seleccionó.
- ¿Por qué? (Preguntó Palomo más calmado intentando esbozar la más paciente de sus sonrisas.)
- Éramos los mejores candidatos y…

Yo quise continuar con mi historia pero en ese momento justo, cuando me disponía a relatarle todo lo demás y darle todas las explicaciones posibles, irrumpieron en el cuarto de interrogaciones don Paco y el doctor Fernández.

- ¿No le da a usted vergüenza? (Profirió don Paco dirigiéndose a Palomo.)
- Ha detenido a un anciano de 78 años con un cuadro clínico evidente de demencia senil. (Añadió el doctor Fernández.)

- ¡No diga chorradas! (Debatió el comisario.) Este hombre tiene de senil lo que yo de guapo. (Dijo Palomo y yo rompí en carcajadas.)
- No sabe de lo que está hablando. (Aclaró el doctor con arrogancia.) No está cualificado médicamente, como lo estoy yo, para emitir un juicio clínico del paciente.
- Y, ¿usted dónde se ha sacado la carrera? (Gritó Palomo perdiendo la compostura.) ¿En la universidad de Alberite? Porque no tiene ni puta idea de nada. Fermín nos puede servir de gran ayuda en esta investigación.
- Lo dudo. (Le interrumpió Fernández). Fermín padece de serios trastornos. Lo suyo es una enfermedad mental. Su capacidad mental le afecta de tal manera que le impide llevar una vida normal.
- Oiga usted. (Atajé yo esta vez). En primer lugar se habla de mí como si yo no estuviese aquí y de enfermedad mental, ¡nada!
- La enfermedad es crónica y degenerativa. (Agregó el doctor.)
- ¡Váyase usted a la mierda! (Incorporé yo a la conversación.)
- De aquí no sale Fermín hasta que yo lo diga y punto y se acabó. (Finiquitó el comisario.)

El caso es que como fui considerado "senil" (o alejado de mente), debido a según el doctor mi confusión mental, pérdida de memoria, deterioro intelectual, desorientación, disturbios en el lenguaje y anormalidades visioespaciales, la ley estipulaba que no se me podía interrogar, con lo que me llevaron de vuelta a la residencia Los Rosales, muy a mi pesar.

Para cuando a mí me devolvían al geriátrico, Palomo, por su parte, cerraba la puerta de su coche con innecesaria violencia y perdiéndose calle arriba, se dirigía con muy mala hostia a la casa de Paquita.

33. Uno de los españolitos se quemó...

Le bastó a Palomo traspasar el umbral de la puerta de la casa de Paquita para que se le fuera todo el mal humor. Ella que ya empezaba a conocerlo le sirvió un café con galletas María untadas en mantequilla que dejó encima de la mesa de la cocina junto con el periódico del día.

Palomo comenzó a leer el periódico a trozos.

RAJOY ANIMA AL GOBIERNO A ACLARAR YA LAS CUENTAS Y APUNTA A MÁS RECORTES.

Hay que recortar en todo – pero todo de todo. Debemos rebanar en educación, en sanidad, en TODO. No podemos crear más escuelas, ni más hospitales, ni más centros para la tercera edad. Necesitamos apretarnos el cinturón y llevar a cabo un drástico ajuste económico.

LA CANCILLER ALEMANA ANGELA MERKEL LEVANTA SU PUÑO DE HIERRO Y TIRA DE POPULISMO Y TOPICOS.

En países como España no deberían jubilarse antes que nosotros –los alemanes. No podemos tener una unión monetaria donde unos tienen muchas vacaciones y otros muy pocas.

- Esta Merkel me pone del hígado. (Se quejó Palomo). Se cree que todo lo malo viene del sur. Si supiera las horas que meto yo en el trabajo y que metemos todos los españoles se echaría las manos a la cabeza y mantendría la boquita cerrada. Lo que vale es el volumen global de las horas de trabajo y según los últimos datos, los españoles echamos más horas. Además, la señora sólo compara lo que le conviene. ¿Por qué no explica

que el salario alemán aumentó en un 5.5% pero el español en un 0.7%? Los españoles trabajamos una media de 1.636 horas al año y los alemanes 1.400. ¿Por qué no nos armonizamos en todo?
- Estás muy nervioso. (Dijo Paquita con dulzura.)
- Me temo que Fermín no es el asesino. Uno de estos días lo veremos. (Masculló Palomo.)
- ¿Todavía está en la cárcel? ¡Pobrecito! (Se apresuró a decir Paquita.)
- En la cárcel no está. Ya se lo han llevado a Los Rosales pero créeme fue más feliz durante la noche que estuvo en la celda o cuando estuvo en interrogatorios que en La Residencia Los Rosales. (Remató él y ella no pudo contradecirle.)

Se dirigió a su gabardina gris (que ahora ya le planchaba Paquita) y de nuevo se encontró su cuadernillo en el bolsillo incorrecto de su gabardina. Derivó – tras inconscientes relámpagos estomacales que su coartada se había convertido en certeza.

Mi estimado amigo:

Me ha decepcionado, ésa es la verdad. Le creía a usted más perspicaz, más sutil y sin embargo ha cometido los fallos más torpes.

Le comuniqué que el asesino no es varón sino hembra y ha tenido la ineptitud propia de los borregos al prender al pobre Fermín (tan solo un pobre viejo que entre usted y yo, ni pincha ni corta en todo esto.) ¿Cómo ha podido cometer tan salvaje necedad, ya de paso brutalidad?

Cuando llegue a La Residencia Los Rosales, se encontrará usted con 10 muertos más (obviamente todos pertenecientes a la planta baja) 25-10 = 15. Le quedan a usted 15 viejos vivos (por poco tiempo).

La asesina ha vuelto a utilizar ácido cianhídrico porque como probablemente haya ya deducido, carece de tiempo y debe sacrificarlos lo antes posible.

Y, ¿por qué los extermina últimamente de diez en diez? ¡Buena pregunta! ¿No es cierto? ¿Conoce usted a la famosa escritora Ágata Christie? Probablemente, la más célebre autora de novelas policíacas del mundo que escribió una obra titulada los Diez Negritos basándose en una canción. Ágata Christie se inspiró en una canción para escribir los Diez Negritos (una de las novelas más apasionantes del género policíaco.)

En la novela, un juez decide tomarse la justicia por su mano y planea asesinar a nueve personas en una isla solitaria. La semejanza con La Residencia Los Rosales es espeluznante, ¿acaso no malviven una aglomeración de viejos en un centro separado del mundo –como en una isla desierta?

Como en la novela, la policía no puede explicarse quién es el asesino. El misterio sólo queda revelado cuando un capitán de barco encuentra una botella a la deriva en la que hay un mensaje. En él, el asesino explica su crimen.

Yo, humildemente, le estoy enviando mensajes con pruebas pero usted no hace caso. Es un tonto de remate.

En toda la secuencia de asesinatos hay una estructura lógica argumental –como en la novela. ¿Por qué no logra usted averiguar quién es el asesino o incluso el móvil de los crímenes? ¿Lo descubrirá usted al final de las páginas recomponiendo el rompecabezas?

Mi querido amigo, usted nunca desenmascarará nada porque las técnicas utilizadas y desarrolladas en este caso son simplemente extraordinarias. Nunca hallará pruebas.

Ya le había informado correctamente de que es ELLA pero usted tiene un gran fallo, no es capaz de meterse en el pellejo de los demás y comprender.

Le saluda atentamente,

Un amigo

34. Y quedó nada más que un españolito

Regresé a Los Rosales. El doctor Honoris Causa Fernández en la entrada de la residencia me comenzó a tratar como un imbécil:

- Pase, pase. No tenga ningún miedo. (Exhaló con aire paternalista, tras lo cual le volví a mandar a la mierda.)

Me dirigí de inmediato a mi amiga para informarle de los últimos acontecimientos y allí me la encontré como una columna de bronce; con su rostro indefinido, y su porte y facciones distinguidas.

- Mi querida Teresa. He vuelto. (Resoplé acercándome a ella.) La verdad es que me trataron bien en la cárcel pero yo te echaba de menos. Ahora he regresado al infierno. Verdaderamente esta Residencia es como una hoguera inmensa situada justo en el centro de la tierra. ¿Cuándo nos escaparemos? No aguanto más. (Teresita nunca me respondía pero conservaba la boca –como siempre- húmeda, semiabierta y rosácea.) Voy a volverme loco aquí dentro. Recuerdo aquel poema de '*que me muero porque no muero**' o aquel otro de '*cómo se pasa la vida, cómo se viene la muerte tan callando**'. ¡Háblame, dime algo! Se me olvidaba. Nunca lo haces en público. (Me aproximé a la boca carnosa y gruesa de La Vieja y la escuché.) Disculpa. (Me apresuré a contestarle tras lo que me había explicado.) No volveré a hacerlo. Quedan todavía quince. Y a partir de ahora mentiré como un bellaco pero no pecaré porque tengo que salvarme el pellejo. Haré todo lo que me pidas. Todo.

---

*Venga ya la dulce muerte, el morir venga ligero que muero porque no muero. Aquella vida de arriba, que es la vida verdadera, hasta que esta vida muera, no se goza estando viva: muerte, no me seas esquiva; viva muriendo primero, que muero porque no muero.

Santa Teresa de Jesús

*Recuerde el alma dormida, abive el seso y despierte contemplando cómo se pasa la vida, cómo se viene la muerte tan callando; cuánd presto se va el plazer, cómo después de acordado da dolor, cómo a nuestro parescer cualquiera tiempo pasado fue mejor.

Jorge Manrique

Mientras tanto en el despacho del director.

- Hemos realizado todas las investigaciones posibles y el misterio no se aclara. No sabemos ni incluso el móvil de los asesinatos. (Pronunció Palomo malhumorado.) Es usted. (Le dijo señalando con el dedo a don Paco.)
- No diga tonterías. (Le explicó el director secándose las gotas de sudor con un pañuelo.) Bien sabe que durante la mayoría de los crímenes, yo ni me encontraba en la residencia.
- ¿Dónde joder estaba? (Inquirió Palomo tragándose dos aspirinas de golpe.)

- ¡Cálmese, por favor! Debido al panorama de déficit español, debo trasladarme a Barcelona a menudo. (Manifestó el director mustio.)
- ¿Para qué? (Preguntaba Palomo frotándose las manos.)
- Reuniones. (Replicó don Paco cada vez más sudoroso.)
- He leído sus papeles. Sé que le están presionando para que tenga plazas vacantes en el centro. (Afirmó Palomo dándole un golpe a la mesa del despacho.)
- Escuche comisario. (Le indicó el director intentando guardar la calma.) Es cierto que España está en crisis. Las comunidades deben más millones que nunca y que hay una presión constante para todo pero ¿me cree usted capaz de asesinar a tanto viejo como maniobra para evitar morosidad? ¿Qué gano yo matándolos?

En primer lugar, don Paco no tenía una coartada sino varias, o estaba en Barcelona en reuniones de trabajo o estaba en la residencia con la peluquera brasileña y en segundo lugar no tenía ningún motivo para matar, al fin y al cabo, no salía ni beneficiado ni perjudicado. Él siempre seguiría cobrando.

Según don Paco, las relaciones con la peluquera se caracterizaban por su brevedad e intensidad, muy de mañana antes de levantar a los ancianos o muy de noche después de acostarlos. Ambos habían aceptado por un tiempo aquellas manifestaciones paroxismales donde su pasión se exaltaba como una desesperación existencial.

Según Palomo, sin embargo, aquello era todo una sarta de chorradas que el mismo don Paco prefería creerse porque le pagaba por sus servicios. ¿O sea que allí qué pasión, ni que manifestaciones paroxismales, ni que ocho cuartos, cuando había 'pasta' de por medio al pagar a una mujer por mantener relaciones sexuales con ella?

- Usted es hombre. (Le explicaba don Paco con una mirada de pena.) Tiene que entenderme. (Proseguía.) Lola, Lola brama ferocidad, fiereza, ardor, fervor, apasionamiento y bravura. Su cuerpo arde en una flama impresionante y evoluciona en una espectacular hembra-animal y luego me siento tan…tan culpable.
- No sabía que usted fuese tan poético. (Dijo Palomo con retintín.)

Tras aquella conversación que lógicamente le caldeó, Palomo comenzó a ponderar en otros impulsos más ocultos, muchísimo más tenebrosos. Se olía una misión tan indescifrable que quizás pudiese atribuirla a la eliminación de los viejos por causas políticas, es decir matanzas perpetradas por el mismo gobierno contra su propia población para fines íntimos, inescrutables, incluso confidenciales.

De todas formas, dejó las elucubraciones mentales para después y se fue a ver a Paquita con quien calmó sus calenturas.

Y mientras Palomo se dirigía raudo a por su amada, Fermin continuaba al lado de la Vieja que aunque vestida de baratillo, con un vestido floreado, poseía esa mirada escrutadora y viva, y esos labios tan hermosos y llenos.

- Mi querida Teresita. (Dijo Fermín a La Loza.) La cabeza me da vueltas. Los pensamientos se me aparecen desordenados y locos y no puedo pararlos. Aunque me muera aquí dentro, ¡me da ya lo mismo! Porque siempre te estaré eternamente agradecido. Yo antes era aquí un viejo común y descolorido hasta que te encontré. Estaba acostumbrado a una existencia vulgar y sin adjetivos, y contigo ahora tengo delante un nuevo camino lleno de desafíos y peripecias. Yo, que nací con la humanidad y moriré con ella, gracias a ti, ya no ando un camino recto y despejado. Muy al contrario, me he adentrado contigo en un bosque repleto de sombras de árboles, cubierto de hojas secas y resbaladizas. Ahora camino por un bosque oscuro lleno de sorpresas y no llevo conmigo ninguna linterna. Antes tenía miedo de resbalar en las hojas húmedas y desplomarme en el vacío pero mi gran amiga, prefiero esto al camino recto y despejado. Gracias. Gracias por concederme la aventura más grande de mi vida. Gracias porque me siento vivo.

Y ella entonces desplegó los labios para pronunciar:

- Ten paciencia. Saldrás de aquí como te he prometido. (Tras lo cual lanzó una de sus enigmáticas sonrisas y Fermin rompió en un llanto silencioso, lleno de placer y esperanza.)

35. Un españolito se encontraba solo

- Pronto huiremos de aquí, mi amor. (Prometió Dionisio a Matilde.)
- ¿Cómo puedes estar tan seguro? (Dijo ella ida echando la mirada al desierto que les rodeaba.)
- Falta poco. (Le aseguró Dionisio.)

Palomo se asomó débil y enfermizo por el centro de Los Muertos. Aquel día surgió una tormenta de arena suave pero pesada (como la lluvia meona que es poca pero que al final moja) y un viento tan cargado y caluroso que azotaba con clemencia el edificio.

Tuvieron que cerrar puertas y ventanas para que los ancianos no se apocasen. El comisario permanecía helado con su gabardina gris puesta. Pensaba que su frágil y temblorosa constitución no podía resistir aquella terrible dureza: diez muertos más y esta vez la visión era estremecedora.

Cada uno de los diez muertos se encontraba cerrado a cal y canto en su respectiva habitación con el mecanismo de seguridad de cuatro dígitos (ninguna de las habitaciones había sido forzada), en consecuencia el asesino (o asesina) conocía a la perfección cada uno de los códigos.

Cada puerta que abrían era un horroroso espectáculo: los lechos, los colchones, las ropas, las cortinas, las paredes, los suelos regados de sangre.

Todos los muertos rociados de salvajes cortes, cuchillazos irrigados por aquí y por allí; a veces hasta mechones de cabellos diseminados.

En uno de los cuartos, un dedo caído sobre el pavimento, en otro los ojos habían sido extraídos y habiendo salido de los globos oculares del cadáver, nadie sabía donde se encontraban.

Más tarde el propio Palomo los pisó accidentalmente en el pasillo y fue una sensación 'rara' cuando sus zapatos taconearon aquellas pelotas gelatinosas aplastándolas sin mucho ruido. Fue como una pequeña evacuación de donde manaron fluidos burbujeantes. Palomo sintió un mareo al observar sus zapatos pringosos pero mantuvo la compostura, por eso de dar un buen ejemplo a los demás profesionales que pululaban por allí.

No obstante parece reiterativo explicar que la atmósfera de Los Rosales, en aquellas horas, estaba cargada del vaho característico de la muerte. Se respiraba la hora suprema y Palomo nunca olvidaría las caras de cada uno de aquellos cadáveres con una expresión de absoluta agonía. La sangre esparcida por todos los lados, saliéndoles por las narices y algunos cubiertos de moscas. O sea un verdadero asco.

Acto seguido, Palomo se dirigió a la habitación de Fermín abotonándose la gabardina y con un obviamente repugnante olor pegado a sus narices. Le costó tiempo darse cuenta que aquel olor que llenaba sus vías respiratorias era el de la carne humana descompuesta – y no sin razón después de haber visto a tanto fiambre junto. Esta vez llamó a la puerta y entró.

- Buenos días señor comisario. (Le saludé yo cortésmente.)
- Quedan cinco. (Murmuró Palomo malhumorado, deambulando por el cuarto e intentando expirar el tufo a muerte de sus narices.)
- Lo sé. (Testifiqué yo con mis ojos azules chispeando de alegría.)
- Parece usted muy contento. ¿Qué cojones está ocurriendo aquí? Cuéntemelo usted. (Me interrogó sin más preámbulos.)
- Le expliqué con anterioridad que yo soy, en efecto, un viejo pero que yo no soy el asesino. (Me coloqué bien el sombrero.) Estar aquí dentro es como estar en presidio. Miro todos los días a través de las ventanas y sólo me encuentro con el feroz desierto. Apenas distingo el cielo que tan solo parece arena fina; una arena que me sofoca a diario y que lo cubre todo. ¿Cuántos años me quedan aquí? ¿Le molesta acaso que esta mañana me haya levantado contento? (Le dije y pensé que Palomo no tenía ni un pelo de tonto.)
- No. (Me contestó brevemente Palomo quien continuaba con aquella pestilencia pesada en sus narices.) Según usted la causante de todas estas muertes es la señora Teresa Zolayo. (Fue en ese punto que deduje que Palomo no me veía como un loco, demente o senil y que había creído todo lo que le dije el día que fui interrogado.)
- Eso era lo que pensaba yo antes pero estaba confundido. Me están medicando- ya lo sabe usted. Sufría de visiones y extraños males producto de la chochez- se denomina comúnmente Demencia Senil. Si no me cree, pregúnteselo usted al doctor Fernández. (Suspiré acariciándome levemente mi larga barba blanca.)
- Usted me dijo que Teresa Zolayo es un agente secreto que trabaja para el CNI. (Manifestó Palomo atajándome con la mirada.)

- Eso dije, sí señor, pero fue producto de mis seniles alucinaciones. (Contesté yo con voz trémula en mi papel de pobre anciano.) Y según la legislación vigente a mí no se me puede interrogar nada de nada por ser un viejo imbécil. (Añadí poniendo cara de lelo perdido.)

Y ahí acabó nuestra conversación. Palomo se fue cabizbajo de mi habitación y yo, ejem, ejem, con mi papel de viejo loco.

Aquel día Palomo intentó comer pero la fetidez no se borró de sus narices y tanto su gusto como su olfato estaban corruptos del tufillo de la muerte. Acabó vomitando. Y no es para menos después de todo lo que vio.

Yo me acomodé, como siempre, al lado de mi amiga, La Vieja, en el comedor.

- Magnífico. Nos quedan sólo cinco. (Indiqué pleno de alegría.)

La Vieja seguía allí, sentada con la cara de no comprender nada, sumida en aquel enigmático mutismo. Pero yo sabía que aquello era una estratagema de ella. Era una pillina.

Al otro lado del comedor, Matilde y Dionisio nos vigilaban. La mirada de Dionisio era cada vez más glacial e impetuosa y la de Matilde más inquieta y desapacible.

36. Un españolito se ahorcó

Mientras tanto en el despacho de Don paco.

- El último estudio interno de los geriátricos españoles demuestra que nuestras residencias no están bien acondicionadas. (Confesó don Paco al doctor Fernández. Don Paco comenzaba de nuevo a sentir esa culpabilidad que muchos sienten pero que no hacen nada por resolverla.).

- No se inquiete. (El doctor Fernández echó una carcajada al aire). Ninguna residencia española ha obtenido la acreditación JCAHO. Entre usted y yo, todos nuestros centros presentan serias deficiencias en los aspectos más importantes de las residencias de ancianos. ¿De qué se preocupa?
- No sé. ¡Con tanto muerto! (Ponderó el director).
- ¿Qué reflejan los últimos estudios que usted menciona? (Preguntó el doctor Fernández).
- De todo. Desde productos caducados en la cocina hasta la inexistencia de un protocolo en caso de un proceso de donación de órganos. De entre las deficiencias detectadas, en el apartado de atención de los residentes, en ninguna de las residencias, existe un protocolo de reanimación cardiopulmonar (RCP) o está incompleto, ni hay un protocolo de prevención de enfermedades infecciosas y/o contagiosas que requieren de medidas de aislamiento, ni una guía para la cura y atención de las personas con diálisis, ni un protocolo de preinscripción y administración de medicamentos, ni existe un proceso para identificar a las víctimas de abuso o abandono, ni hay un protocolo de valoración del dolor.
- ¡Eso ya lo sabíamos todos! (Interrumpió Fernández.)
- Ya pero, ¿no es triste? (Divagó don Paco.)
- ¿Triste? Triste es la vida. (Afirmó el galeno que no entendía de culpabilidades.)
- ¿La vida? (Don Paco enderezó la espalda intentando ponerse más erguido para no perder el equilibrio debido a los mareos que sufría de culpabilidad.) ¿Se ha dado cuenta doctor Fernández que ni tenemos un mecanismo definido para la revisión de la caducidad de los medicamentos, ni un procedimiento que establezca quién prescribe los medicamentos y cuáles son los límites?
- Don Paco, (levantó la voz el doctor), ya sabemos todos los errores que hemos generado con nuestro sistema. Al menos en nuestro centro no tenemos problemas con los riesgos de contaminación de los alimentos, lo que pasa a menudo en otros centros.

- ¡Cálmese don Paco! No es para tanto. (Remató Fernández dándole unas palmaditas en la espalda a Don Paco quien sudaba profusamente.)
- Pero es que no entiendo nada. ¡Tanto muerto y nadie se preocupa! ¿Por qué mandan al último pringado para un caso tan serio? ¿No se ha dado cuenta de que ni ha salido en los periódicos? (Dedujo don Paco secándose las gotas de sudor de la frente con su acostumbrado pañuelo.)
- Por algo será. (Sopló Fernández con una sonrisa irónica.) Si aquí no mandan a nadie más y si al fin y al cabo a usted le repondrán en número a los viejos aniquilados por otros, usted y yo seguiremos cobrando.
- Lo más extraño de todo (se lamentaba Don Paco) es que no existen ni denuncias interpuestas por los familiares de los ancianos. No sólo no atendemos correctamente a los residentes, fallando en puntos tan básicos como la higiene y la alimentación, a causa, sobre todo, de la falta de personal, sino que además están siendo asesinados. ¿No le parece extraño todo esto?
- Don Paco, no están muriendo ancianos normales y corrientes, SINO CRIMINALES. (Le corrigió Fernández.)
- En diciembre del 2009, salió un programa de televisión sobre las deficiencias de los centros privados. (Dijo el director desplomándose sobre la butaca de su despacho.)
- Si el gobierno no quiere resolver el grave problema de este centro por algo será don Paco, por algo será Don Paco.

---

37. Y al final no quedó…

Para Palomo a medida que transcurrían allí los días la atmósfera de la residencia se tornaba cada vez más extraña. Oía al personal médico parlotear sin sentido, a los viejos cada vez más muertos y asustados. Odiaba aquel lugar. La idea de finiquitar allí el final de su vida le infundía pavor.

- Dime Paquita, ¿qué piensas de la residencia? (Preguntó Palomo abatido.)
- Pues una mierda, ¿qué quieres que te diga? (Contestó ella como siempre tan espontánea y natural.)
- Exactamente lo que yo pensaba. (Bufó descorazonado y a continuación, se inclinó y le plantó un beso firme en su pecosa mejilla.) ¡Cuéntame más!
- El 75% de los viejos que están en la residencia no deberían. ¿Comprendes? ¡Es una pena! (Se esforzó Paquita por explicarle.) Los familiares los dejan allí tirados excusándose de que si no pueden cuidarlos, que si trabajan o no tienen tiempo. ¡Una sarta de mentiras! El 75% de los viejos que te digo tendrían una mejor calidad de vida junto con sus hijos y nietos. Se quejan de no tener habitaciones para acomodarlos. ¡Más mentiras! A estos viejos se les podría colocar en cualquier lado, una cama en cualquier sitio de la casa pero molestan, los viejos siempre molestan. Se sienten tan solos. Nunca vienen a visitarlos. Las navidades para ellos son la época más triste. ¡Es una verdadera pena!

Palomo sacó su cuadernillo y anotó: "¡Qué puta mierda de vida!"

- Y, ¿no tienen otras salida? (Suspiró Palomo predispuesto al desánimo.)
- ¡Claro que la tienen! (Sugirió ella.) Pagan al menos 2000 euros mensuales. Podrían perfectamente alquilar un piso. Les llegaría más que suficiente para pagar el alquiler, gastos y comida. Además el gobierno les asignaría un cuidador por tres o cuatro días a la semana.
- ¿Por qué no lo hacen? (Se apresuró Palomo a preguntarle.)
- Porque no lo saben. (Apuntó ella y Palomo se estremeció al oír esta respuesta.)

A Palomo le resultaba asombroso que los viejos no lo supiesen. Aquella era una jugarreta monstruosamente injusta. Abrió de nuevo su cuadernillo y apuntó:

"¡Una puta mierda!"

38. ¡Ninguno! No ha quedado ningún españolito

Mi estimado amigo:

Finalmente, han perecido los últimos cinco. Le avisé que nunca hallaría pruebas. ¡Qué pena el no haber sido diez y así continuar con el título de la obra de Ágata Christie! ¿No es cierto? De todas formas, otra vez será.

Ésta es mi última carta. Ha sido un verdadero placer conocerle y sobre todo observarle con su graciosa gabardina gris, sus constantes tiritonas y sus repetitivas acciones tales como ingerir sus aspirinas o escribir en su cuadernillo.

Saludos cordiales.

Un amigo.

Agatha Christie

Palomo se apresuró, acelerando su paso por los pasillos del centro, con los ojos desorbitados hasta que dio con ella; allí estaba – quieta, inmutable: La Loza, La Efigie, La Condesa. Se acercó a su cara estirada (sin arrugas, sin pliegues) y notó proveniente de su boca jugosa y carnosa un aliento cálido y dulce.

- Tengo algo que confesarle. (Anunció lánguido, casi desmayado). He resuelto todos mis casos MENOS ESTE. ¿Quién es usted? (Palomo estudió su mirada e intuyó que la muerte rondaba a aquella mujer porque los ojos de La Vieja le delataban; eran vidriosamente asesinos.) No me crea un loco pero ¿y si es verdad que usted es un agente secreto para el CNI? ¿Y si todo esto es una tapadera? (Palomo le levantó levemente el vestido floreado y se enfocó en sus jóvenes muslos.) ¿Es usted realmente una vieja? De serlo tiene unos muslos particularmente lozanos. (Le bajó el vestido para cubrirle las piernas.) No soy un pervertido. ¡No se preocupe! Pero ¿y si Fermín tenía razón? A veces la respuesta se encuentra todo el tiempo ahí pero no queremos verla.

Entonces Palomo se puso en guardia y propinó una patada contundente a la silla de ruedas y La Vieja cayó desplomada de lado. Tras lo cual, le atizó un golpe en la cabeza produciendo que La Vieja hundiese su rostro en el suelo.

- O sea que al final va a ser cierto que no puede moverse. (Profirió Palomo llevándose los manos a la cabeza.)

La Vieja aceptó inerme aquella ofensa y humillación, como una marioneta humana que tan solo se impulsaba por los hilos que las otras personas agitaban.

A continuación un hilillo de sangre comenzó a gotearle por la nariz.

- ¡Joder! Que es verdad que no puede moverse. ¡Pues sí que la he hecho buena! (Levantó a La Loza, quien parecía sonreírle). ¡Lo siento de verdad! ¡Lo siento mucho! (La colocó de nuevo en la silla de ruedas y la dejó como estaba mustia y desamparada.)

Palomo se marchó perturbado del lugar donde La Vieja ahora sí que se asemejaba a una momia, después de la sarta de cachiporrazos que le había arreado. Sin rumbo ninguno, Palomo deambuló por el centro alterado, frenético.

Descendió accidentalmente al sótano y se puso las manos en la cabeza sintiéndose en extremo culpable por haber derribado y golpeado a La Vieja. Quizás le había roto la nariz, quizás hasta la hubiese matado habiéndole quebrado el cuello por la caída. Cavilaba con sus culpabilidades cuando sintió ecos difusos, murmullos confusos.

Una sombra de dos metros se difuminaba a lo lejos. Palomo se arrodilló y se escondió detrás de una mesa camilla.

La figura canturreaba:

"Fumando espero al hombre quien yo quiero…Tras los cristales de alegres ventanales."

La figura después alzó a un cadáver y lo ubicó en una mesa camilla pero, antes de hacerlo, derribó al pavimento al otro que antes estaba colocado en la misma mesa camilla. *"Ven a mí, amante solicito y galante…ay fumando espero…"*

La sombra maltrataba a aquellos cinco cadáveres con una saña nunca antes vista, mientras cantaba la versión de Sarita Montiel, y aquella mala sombra era Rosario –La Pedro Botero – quien los martirizaba aunque ya fuesen difuntos.

Palomo se quedó allí el tiempo suficiente para comprobar cómo Rosario con un sadismo exagerado los abofeteaba, se ensañaba con ellos; después los maquillaba, después los desplomaba, los cortaba, después ponía más retoques hasta que el comisario extrajo su pistola de reglamento y salió de su escondite, porque además cantaba bastante mal y desafinaba.

Palomo ya podía verlo en todos los periódicos de España entera.

HA CAIDO LA CARNICERA DE LOS ROSALES…

El comisario de policía Palomo Soldado Medina ha arrestado a Rosario, alias La Pedro Botero, culpable del asesinato de sesenta ancianos –todos ellos criminales. Se ha cerrado así un capítulo difícil de la vida del eminente comisario, quizás el más difícil de su vida.

- Es usted. (Palomo exhaló parco apuntándole con la pistola y con una celeridad un tanto inusual para una persona como él con más tendencia a la reflexión que a la acción.)
- No diga majaderías. (Torció el labio La Pedro Botero, se rascó el bigote y dejó de cantar.)
- Confiese. (Gritó Palomo fijando la mirada.)
- Yo no he matado a nadie. (Sostuvo ella atusándose el bigote.) No lo entiende. (Comenzó a explicarle.) Yo sólo soy una frustrada embalsamadora. Siempre he querido trabajar para el Instituto de Tanatopraxia pero mis padres me obligaron a ser enfermera. Haría mi trabajo con todo el amor del mundo. Quiero dejar a los muertos más guapos que cuando estaban vivos. Quiero 'purgarles' el cuerpo extrayendo la sangre del circuito venoso e inyectándoles un líquido inerte en su lugar. (Expuso y se puso en jarras.)
- Pero, ¿qué me está diciendo? Aquí está todo el mundo majara perdido. (Bufaba el comisario sin dejar de apuntarle con la pistola.)
- ¿Sabe? (Prosiguió la Pedro Botero.) Incluso pensé en meterme a monja porque la Iglesia dispone de excepcionales embalsamadores que son capaces de garantizar que un cuerpo se mantenga de por vida incorrupto. Pero los embalsamadores son hombres y no me lo hubiesen permitido, ya lo pregunté.
- Queda usted detenida. (Finiquitó Palomo.)

Rosario, alias "La Pedro Botero"

39. Y ésta ha sido la historia….

Un mes después.

Palomo leía el periódico mientras Paquita disponía del café con las galletas María bañadas en mantequilla.

EL LIDER CONSERVADOR FIJÓ COMO PRIORIDADES EN SU CAMPAÑA POLITICA INICIAL-LA EDUCACION, LAS RESIDENCIAS DE ANCIANOS Y LA RECUPERACION DEL MERCADO LABORAL.

Palomo continuó leyendo con más atención.

VENCEDOR INDISCUTIBLE POR MAYORIA ABSOLUTA ha cumplido sus promesas con programas rigurosos y (según él mismo) perfectamente estudiados. En cuanto a la recuperación del mercado laboral ha comenzado con una apuesta a favor de más competitividad y un proceso de privatización más trasparente.

En un plazo record ha logrado también los otros dos objetivos. En las escuelas hay sólo veinticinco niños por aula (tras la reducción de subsidios y ayudas escolares.)

SU ULTIMA PRIORIDAD –LA FALTA DE PLAZAS PARA ANCIANOS EN LOS CENTROS GERIATRICOS DE LA REGION TAMBIEN HA RESULTADO TODO UN ÉXITO. EN LA REGION HABIA UN MALESTAR GENERAL POR LA FALTA DE LUGARES PERO GRACIAS A UN PROCESO DE AGILIZACION, 60 NUEVAS PLAZAS QUEDARON ABIERTAS EN LA RESIDENCIA LOS ROSALES DE LOGROÑO. ASI LOS TRES OBJETIVOS PROMETIDOS...

Bla, bla, bla.

Paquita tras servirle el café y las galletas, se sentó al lado de Palomo.

- ¿Sabes lo que ha pasado en La Residencia recientemente? (Le preguntó Paquita risueña.) No te lo vas a creer. ¿Te acuerdas de La Loza o La Efigie?
- Sí. (Confirmó Palomo). Claro que me acuerdo de la señora Teresa Zolayo.
- Pues ella y Fermín junto con Matilde y Dionisio han desaparecido sin dejar rastro. (Sopló Paquita y Palomo dejó de leer el periódico.)
- ¿Sus efectos personales? (Cuestionó Palomo con un súbito nerviosismo.)
- Todos. Sólo faltaba la ropa que llevaban puesta. (Ambos se clavaron la mirada.)
- ¿Qué dices? (Palomo murmuró torciendo el gesto.)
- Que se han esfumao'. (Dijo Paquita con un súbito encogimiento de hombros.) Emprendieron la marcha sin recoger sus escasos efectos personales.

40.

LA HISTORIA DE LOS DIEZ ESPAÑOLITOS

Palomo se levantó del asiento sin decir una palabra y se dirigió a la sala donde se desplomó en el sofá. Paquita encendió el televisor y se sentó junto a él.

En la pantalla aparecía la primera adaptación cinematográfica basada en la obra más vendida de Ágata Christie: *Los Diez negritos**, que en la película en blanco y negro se titulaba, And Then There Were None (Y no quedó ninguno) dirigida por Rene Clair.

*La obra fue titulada originalmente como Diez Negritos (Ten Little Niggers) pero este título fue modificado posteriormente porque la palabra inglesa 'nigger' tiene connotaciones peyorativas. Entonces se cambió el título por Diez Indiecitos (Ten Little Indians) pero para evitar de nuevo las connotaciones despectivas, se acabó titulando Y NO QUEDÓ NINGUNO. De todas formas el título original de la obra hace referencia a una canción infantil que transcribimos a continuación en los párrafos siguientes a éste, y que los lectores reconocerán por asemejarse a los encabezamientos de los capítulos de esta novela. Nosotros, no obstante, hemos cambiado la palabra negritos o indios por españolitos para no ofender a ninguna nación o raza.

Regresando a la historia que aquí nos concierne, unas frases muy conocidas por Palomo surgieron en la pantalla:

Diez españolitos se fueron a cenar;
uno se asfixió y quedaron nueve.

Nueve españolitos estuvieron despiertos hasta muy tarde; uno se quedó dormido y entonces quedaron ocho.

Ocho españolitos viajaron por Devon; uno dijo que se quedaría allí y quedaron siete.

Siete españolitos cortaron leña; uno se cortó en dos y quedaron seis.

Seis españolitos jugaron con una colmena; una abeja picó a uno de ellos y quedaron cinco.

Cinco españolitos estudiaron Derecho; uno se hizo magistrado y quedaron cuatro.

Cuatro españolitos fueron al mar; un arenque rojo se tragó a uno y quedaron tres.

Tres españolitos pasearon por el zoo; un gran oso atacó a uno y quedaron dos.

Dos españolitos se sentaron al sol; uno de ellos se tostó y sólo quedó uno.

Un españolito quedó sólo;se ahorcó y no quedó... ¡ninguno!

Palomo leyó aquellas frases y rompió a llorar con desconsuelo. Después lanzó un grito desgarrador al aire que heló la sangre a Paquita.

- Perdona el grito Paquita. (Se disculpó Palomo recobrando la compostura.) Es que me gusta mucho Ágata Christie. (Le dijo para no preocuparla.)
- Chico. Menudo susto me habías dao'.

Ágata Christie

Cuenta la leyenda urbana que cuatro viejos se escaparon de La Residencia Los Rosales una madrugada en el medio de una tormenta de arena: tres figuras, y una cuarta empujada en una silla de ruedas.

La figura sentada, *como una muerta*, se levantó con agilidad de su silla y comenzó a andar. Dicen que sus ojos verdes brillaban entre la borrasca polvorienta, como los de un felino.

Los cuatro se alejaron ante la mirada atónita de los viejos que les observaban desde las ventanas de La Residencia. Tales siluetas, mates y diáfanas, acabaron por desaparecer en el horizonte.

Dicen también que tras pasar el horizonte, se encontraron con un cielo azul pálido y que cruzaron un camino rodeado a ambos lados de planicies alfombradas de verde. Los cuatro pasearon recogiendo aromas y admirando el viento fresco y voluble que azotaba con placer sus rostros.

Matilde debió de decir con una voz ahogada que tenía miedo porque aquella evasión podía resultar insegura pero La Loza la tranquilizó explicándole que aquello no era realmente peligroso, que ella les enseñaría a atravesar los campos, a dejar fuera los pensamientos y los sentimientos, que ella les instruiría a vivir como las piedras, atentar a no realizar un solo movimiento que consumiese el agua, que ella les enseñaría a sobrevivir hasta que llegasen a la ciudad, donde por fin serían libres.

Dicen que Teresa Zolayo- alias 'La Morena'- era realmente un agente especial para el CNI y que le habían ordenado que eliminase a los sesenta viejos del Bajo de La Residencia Los Rosales.

Fue asistida en su trabajo por Fermín, Matilde y Dionisio. La Morena se apiadó de ellos y les ayudó a huir a cambio de que cooperasen con la misión.

También cuentan las malas lenguas que La Morena se acostó con Fermín como pago extra por su trabajo y que él fue capaz de saciar sus deseos carnales con un cuerpo joven de muslos prietos. Fermín sabía que aquel acto no era amor pero todo esto es, por supuesto, una conjetura que alimentaba la imaginación de los viejos de La Residencia Los Rosales, quienes ingeniaban en sus cerebros escenas eróticas llenas de recovecos mágicos y pliegues internos de luces y sombras, porque –como ya saben- en la residencia no les permitían ni follar.

Matilde y Dionisio acabaron viviendo juntos en un pequeño pero confortable apartamento en las afueras de Madrid. Los dos congeniaban bien y se buscaban inconscientemente con una necesidad constante de tenerse uno al lado del otro, de no perder ni un solo instante de sus existencias sin el otro; porque los viejos también tienen derecho a enamorarse.

Palomo por su parte acabó siendo muy feliz con Paquita y en su cuadernillo escribió una nota final que decía:

Lo que ahora paso a escribir, sólo serán unos pensamientos borrosos, unos garabatos mentales imprecisos. La Residencia Los Rosales es una historia con principio pero sin final: un desesperado rompecabezas inundado de miles de piezas imposibles de encajar.

Concluyo que tras todo lo investigado, este caso o casos son un claro enredo continuo y lineal. A Rosario le han tendido una trampa ya que las pruebas que se le inculpan son demasiado despejadas o demasiado evidentes. Es cierto que la individua es una sádica, una pervertida a la que le excitan los muertos pero NO ES UNA ASESINA.

Aquí hay muchos hilos enredados en una oscura y abrumadora maraña pero estoy cansado, muy cansado. Se me cierran los ojos, mi respiración es cada vez más rítmicamente pausada y tranquila y me voy raudo a adormecerme gozoso en los pechos de mi amada: mi Paquita.

41.

- Gracias Morena. Supongo que ésta es una despedida. (Suspiré yo con resignación y después de un instante de vacilación exclamé con la ingenuidad de un niño chico.) ¿Vendrás a visitarme alguna vez? (La Morena, La Loza, La Efigie negó con la cabeza.) ¡Caramba! ¡Te he cogido cariño! ¿Por qué te cargaste a los viejos?
- Órdenes. Yo nunca pregunto. (Se limitó a decir La Morena arrancando su coche, un Lamborghini rojo, para ser más exactos.)
- Al menos mándame una carta, una sola carta, con noticias tuyas. (Le supliqué con lagrimitas de viejo en mis ojos viejos.)
- Lo haré. (Aseguró con sequedad.)

Nos despedimos con un beso y La Morena vio esas lágrimas perezosas deslizarse por mi arrugada cara de viejo, rancio, estropeado y descosido - pero libre.

- Tengo que irme. (Me dijo La Morena con somnolencia.)
- ¿Otra misión? (Ella esta vez no respondió y se volatilizó pisando el acelerador.)

Aquella noche dormí sin interrupciones. Por fin era libre. Me levanté por la mañana hablando solo y me hubiese gustado escribírselo pero nunca me dio su dirección.

Gracias Morena. Ya vuelvo a soñar. Gracias por haberme devuelto las ilusiones perdidas. Nunca olvidaré tu astuto rostro, tu valentía y arrojo. A tu lado me siento un imbécil y un neurótico. Yo sólo soy un viejo y tú una asesina y aunque parezcamos tan diferentes, guardamos algo en común: una conducta imprevisible y nuestra inocencia pervertida. Espero que algún día nuestras vidas vuelvan a cruzarse.

Yo, sin embargo, sí recibí una carta de ella que les transcribo a continuación literalmente:

Querido Fermín:

Como prometido, te escribo esta carta aunque ya sabes que será POSIBLEMENTE la primera y la última. Siento unos terribles deseos de estar sola. Sobre todo, después de tantos meses inmovilizada, haciéndome pasar por una paralítica. Quizás HAYA sido la más dura de todas mis misiones.

¿Cómo estás MI viejo SABIO?

Te decía que fue duro. ¿Cómo no va a resultar intolerable observar quieta y entumecida cómo os trataban en aquella residencia? Me entraban ganas de levantarme e inflarles a hostias pero tenía que refrenarme y aguantar? HIJOS DE LA GRAN...

Os ataban, os humillaban, os maltrataban aunque de un modo tan sutil.

Os confundían con sus alegaciones pseudocientíficas; "No pueden salir fuera a darse un paseo, les apocarían las lluvias de arena." Y estabais todos encerrados. Bien, En una sola palabra: aniquilación (os demolían poco a poco- peor que cualquier tortura que yo haya visto.)

Espero que hayas hecho lo de 'borrón y cuenta nueva' y hayas empezado una nueva vida olvidándote de aquel infierno de La Residencia Los Rosales.

¡Ah! Gracias por haberme ayudado en todo, entre otras cosas a colocar las notas en el bolsillo de la gabardina del pobre Palomo. Menos la última que la puso Dionisio por estar tú en la Comisaría de Logroño siendo interrogado. Desarrollasteis todo vuestro trabajo a la perfección.

Tú, en particular, estás lleno de buena voluntad y eres muy caballeroso. Siempre tienes una sonrisa para todo el mundo y me encantaba cada vez que con tu mano te tocabas el sombrero a guisa de saludo. Hubieses sido un perfecto agente secreto para el CNI de joven. Temo decirte que ahora ya es demasiado tarde con tu edad, aunque ¿quién sabe? Quizás algún día te pida un favor o dos.

AH, FOLLAR CONTIGO FUE TODO UN PLACER. TODAVIA TE FUNCIONA.

Cuídate.

La Morena

FERMIN: EL FILOSOFO

42.

Nota final.

Estimados lectoras y lectores, ya les he narrado mi historia y existen dos versiones: la oficial y la no oficial. La oficial expone que fue Rosario (La Pedro Botero) quien cometió los sesenta asesinatos y la otra versión ya la saben ustedes. Son libres de escoger cuál de ellas es la verdadera.

Posteriores investigaciones tras nuestra desaparición e interrogaciones con el doctor Fernández confirmaron (sin lugar a ninguna duda) que yo sufro de demencia senil y Teresa de parálisis. Dionisio y Matilde, según él, también están 'chochos'. Nadie, de todas formas, conoce nuestros paraderos y cómo nos fugamos de La Residencia Los Rosales.

Lo único que yo sé es que ya dormimos sin cadenas. Vivimos libres y en cuanto a nuestros queridos y amamantísimos hijos y demás familiares que nos ingresaron en una residencia de ancianos para quitarnos del medio –como dice mi buen amigo Dionisio-, ¡qué les den!

Post Scriptum: Por lo que me han contado, el inspector de policía Palomo Soldado Medina se debe de estar dedicando a la poesía y se casó con Paquita.

El centro Los Rosales sigue en el mismo sitio y con sus idénticas leyes estrictas e inmutables y yo, por mi parte, repito: ¡qué les den a todos! Que la vida son tan solo cuatro putos días y cuatro jodidas letras.

Sin más…Fermin.

FIN

Printed in Great Britain
by Amazon